아버지의 우산

청소년 현대문학선 015

이명인

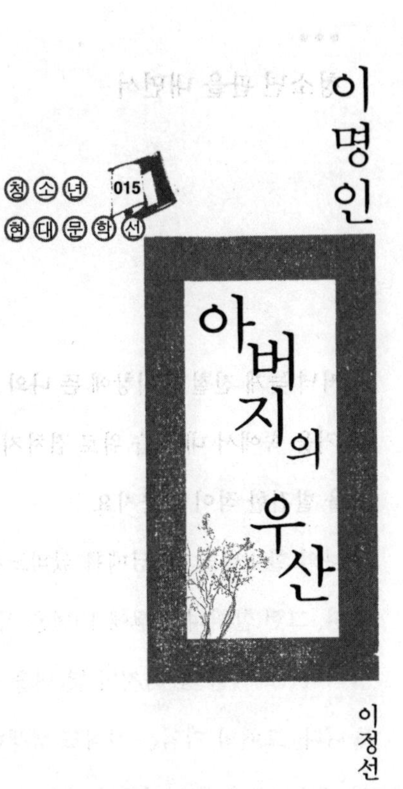

아버지의 우산

이정선 그림

문이당

•••

청소년 판을 내면서

저녁 늦게 전철 유리창에 뜬 나의 모습을 보다가, 혹은 우연히 마주친 거울 속에서 내 모습 위로 겹쳐지는 나의 아버지 혹은 어머니의 모습을 발견한 적이 있는지요.

나의 할머니는 네 남매를 삯바느질로 혼자 키우신 청상 과부였습니다. 그런 할머니가 생애 10년은 치매로 혼돈의 세월을 살다가 가셨습니다. 그 세월 중 마지막 몇 년을 둘째 아들네인 우리 집에서 사셨습니다. 그때의 기억은 아직도 생생하게 남아 있습니다. 정신의 일부가 훼손되었음에도 너무나 사소한 부분까지 아버지와 닮은 것을 보면서, 가족이란 것, 부모와 자식이란 것, 혈연이란 것에 대해 많은 생각을 했었습니다.

『아버지의 우산』은 강한 아버지를 그린 작품입니다. 아버지는 튼튼한 울타리였다가, 어느 순간 넘어야 할 산으로 다가옵니다. 이 산 너머에 나의 세계가 있습니다. 이 작품을 청소년용으로 개작하면서, 부모와 함께 읽는 책이 되었으면 좋겠다고 생각했습니다. 그리하여 언젠가 버거운 산을 넘었다가 산이 되어 버린 아버지와 이제 산을 넘어야 할 여러분이 함께 이야기를 나누는 계기가 되었으면 좋겠습니다. 어차피 우리 모두의 귀향길엔 산이 있을 테니까요.

이 책은 세상의 모든 아버지, 그 위대하고도 쓸쓸한 이름에 바치는 한 마리 소입니다. 불가의 심우도(尋牛圖) 속의 소든, 농가의 쟁기를 매는 평범한 소든 상관없습니다. 어차피 우리 모두 소가 되거나 소를 찾아 여행을 떠날 테니까요.

2005년 가을

이명인

차례 아버지의 우산

콩나물 도가

큰놈 영채가 막 한두 걸음씩 걸을 무렵, 아버지는 고무 함지박을 잔뜩 사 가지고 왔다. 아버지가 함지박을 손수레에 싣고 들어올 때, 우리 형제들은 가벼운 현기증을 느꼈다. 우리 형제들은 그것들을 불에 달군 쇠꼬챙이로 일일이 구멍을 뚫었다. 고무 타는 냄새가 진동을 했다.

아버지는 아내가 집에서 살림한답시고 빈둥거리는 꼴을 못 봤다. 아버지 말에 의하면 여자가 집에 들어앉아 하는 일이 무어냐는 것이었다. 하루 세끼 따뜻한 밥 짓고, 시장 싸전*에 있는 어머니 아버지께 점심 날라 주고, 층층시하 시동생들 학교 보내고, 빨래하고, 청소하고, 아직도 젖에 매달리는 돌배기 어린아이를 돌보는 일들이 아버지의 눈에는 '하는 일'이 아니었다. 왜냐하면 돈이 생기는 일이 아니었으니까. 그래서 아버지는 아내가 집에서 할 수

* 싸전 : 쌀과 그 밖의 곡식을 파는 가게.

있는 일을 생각해 냈다. 살림집 마당 한켠에 있는 창고를 콩나물 도가로 만드는 일이었다. 가끔씩 물만 주면 저절로 자라는 콩나물이니 하나도 손 갈 일이 없다고 했다.

"싸전 뒷집이 바로 콩나물 도간데요, 그게 될 일이껴?"

둘째가 어렵게 말을 꺼냈다.

"내가 내서 팔 긴데 지가 뭐라 카겠노. 봐라 대목 때만 되믄 그놈의 콩나물, 없어 못 팔잖나. 추석이 코앞인 데다 이렇게 심심풀이로 한두 동이씩 하믄 돈이 되는데 와 노노."

그날 이후로 장돌뱅이인 아버지와 나는 시골 장을 돌며 쌀과 함께 콩나물콩도 샀다. 메주콩보다 조금 작은 콩을 하룻밤 물에 불린 다음 깨끗이 씻어서 껍질을 대강 없애고, 구멍 뚫린 고무 함지 밑에 불린 콩을 한 켜 깔아 놓고 다시 짚방석으로 햇빛이 들어가지 못하게 덮어 놓은 다음 두 시간 간격으로 물을 주면, 며칠 만에 콩나물은 장에 내갈 상품으로 자랐다.

그러나 아버지 말대로 손 갈 일이 하나도 없다던 콩나물 기르는 일은 그리 수월치가 않았다. 물을 조금 늦게 주면 콩나물이 말라 질겼고, 어떤 것은 아예 싹이 제대로 트지 않고 썩기도 했다.

콩나물을 기른 뒤로, 이른 새벽이면 여지없이 아버지는 대문을 밀치며 '크르렁' 하고 큰기침을 했다. 그랬으므로 살림집으로 살림을 옮긴 뒤로 우리 형제들이 누리던 약간의 자유조차 새벽부터 흔들리기 시작했다. 우리 형제 누구도 쉿내 나는 아버지의 기침

소리 밑에다 새벽잠을 깔고 뭉갤 수는 없었다. 초등학교 2학년짜리 막내조차 토끼장 앞에 쭈그리고 앉아 제 눈 같은 토끼의 빨간 눈을 들여다보며 풀을 주어야 했다. 전날 뜯어다 놓은 풀이라도 풍성하면 그나마 다행이지만, 풀이 없으면 후다닥 천방으로 뛰어올라 눈치껏 이슬도 마르지 않은 풀을 뜯어다 들이밀었다. 그러나 그때까지도 우리가 일어나 있지 않으면, 그날은 아침 밥상이 날아가고 다른 일까지 싸잡혀 혼나기 일쑤였다. 게다가 애초에 한두 동이씩 심심풀이로 내다 판다던 콩나물은 말대로 되지 않았다. 싸전의 뒷집은 대규모로 하는 콩나물 도가였기에 콩을 꼼꼼히 씻어서 하질 않았다. 그래서 콩깍지가 많고 지저분했던 데 비해, 우리 콩나물은 콩깍지가 거의 없고 깨끗해서 상품 가치가 더 있었던 것이다. 자연히 사람들은 우리 집 콩나물을 더 선호했고, 그랬으므로 시장의 다른 상인들도 뒷집 콩나물 도가 것보다는 우리 것을 주문하곤 했다. 그래서 한두 동이씩 늘어나기 시작한 것이 이젠 제법 많아져 콩을 불리고 씻고, 시렁에 얹는 일도 벅차게 되었다.

"이 놀부 욕심보를 가진 영감쟁이야. 그래 이 좁은 장에서 쌀장사만 하믄 됐지 왜 남의 콩나물 장사까지 넘보기가. 그래 니가 이 바닥 돈을 다 긁어모을라고 작심했나?"

마침내 뒷집 콩나물 도가 아저씨가 입에 거품을 물고 우리 집으로 쳐들어왔다.

"니 지금 뭐라 캤노? 내가 원제 우리 콩나물 사라고 나발을 불고 다닜나. 물건이 좋으니까 자연히 몰리는 걸 가지고 어쩌란 말이꼬. 그리고 어차피 사돈 장인 이 예천 장에서 내가 니 영역을 을매를 뺏아 먹었다고 눈에 불을 키고 이러나. 봐라, 니는 촌까지 다 돌아댕기며 하지만 나야 심심풀이로 읍내 장에만 내놓는데 왜 말이 많노. 그딴 식으로 나오면 나도 다 생각이 있는 거라."

아버지의 그 한마디는 참으로 효과가 있었다. 아버지는 때때로 뒷집과 수틀린 일이 있으면 뒷집으로 통하는 골목을 막아 버리겠다고 으름장을 놨던 것이다. 원래 그 골목은 정식 길이 아니고 우리가 뒷집의 편의를 위해 터놓은 길이었다. 그래서 그 길을 막아 놓으면 뒷집은 상당히 돌아야만 시장에 나갈 수 있었다.

결국 우리의 콩나물 도가는 읍내 장을 거의 다 점령하고 말았다. 이 좁은 읍내 장에선 한두 다리 건너면 다들 이리저리 얽히는 친척이고 사돈이었다. 그러므로 누구네 집에서 물건을 사고파는 게 상인과 손님의 관계 이상이었다. '어이쿠, 형님 나오셨니껴?' 이 말 한마디면 그 옆집 열무 단이 아무리 좋아도 살 수 없었다. 그런 이 사돈 장에서 짧은 시일에 거래선이 바뀌는 건 대단한 일이었다.

그날은 아주 추운 날이었다. 설밑 추위는 왜 그렇게 맵고 성깔진지. 그때도 우리는 설에 내려고 평소보다 많은 양의 콩나물을 기르고 있었다. 그사이 아버지의 눈부신 장사 수완은 우리 집에서 쌀을 대 먹는 음식점으로까지 손을 뻗쳐서 음식점에 콩나물을 대는 것은 물론이고, 다른 도가에서 콩나물을 떼다 팔던 사람들도 다 우리

콩나물을 쓰게 만들었던 것이다. 그래서 콩나물시루는 2층으로 짠 시렁 위에까지 빼곡히 찰 정도였다. 그러나 2층 시렁에서 콩나물 시루를 내리는 일도 만만치 않았다. 그런데 이제 설을 맞아 우리는 시렁을 한 층 더 늘려 3층까지 시루를 얹어 놓았다. 또한 추운 겨울이라 도가에는 연탄난로까지 설치했으므로 그 연탄을 가는 일도 여간 번거로운 게 아니었다.

그런데 그날은 아버지의 큰기침 소리가 나지 않았다. 습관적으로 새벽녘에 얼핏 잠이 깨긴 했으나 아내도 옆에서 곤히 자고 있었고, 아직 장지문 밖도 캄캄했다. 더구나 전날 호명 장에 다녀와서 몹시 피곤한 상태였고, 오늘도 설밑 장을 보기 위해 풍천 장까지 가야 했다. 그러므로 새벽잠은 달콤하고 향기롭기까지 했다. 나는 두꺼운 솜이불을 다시 덮으며 아내의 따스한 다리에 내 다리를 얹고 가벼운 솜털처럼 살풋살풋 잠의 수렁으로 다시 빠져 들어갔다.

"우당탕탕."

반사적으로 벌떡 일어서려는데, 매서운 찬바람과 함께 작대기가 내 어깨를 강타했다. 그리고 이어 그 작대기는 아내의 어깨에도 날아갔는데, 그런 일들이 거의 순식간에 일어났다.

"연탄이 허옇게 꺼져 가는데 이 시간까지 잠이 오나!"

아내와 나는 내복 바람인 것도 잊고 후닥닥 도가로 달려 나갔다. 등 뒤에서 아이가 우는지, 찬바람이 얼마나 매서운지 깨달을

틈도 없었다.

"샛별 지기 전에 마당에 빗자국이 나지 않는 집은 평생 남의 밥이나 얻어먹을 팔자라고, 그렇게 귀에 못이 백이도록 얘기해도 왜 못 알아듣노. 그깟 잠 좀 더 자믄 얼마나 편타고 그리 잠을 못 이기노, 으잉?"

아버지의 우렁우렁한 쇳소리를 옆귀로 들으며 나는 장작을 패서 가물가물 꺼져 가는 난로의 연탄 위에 얹어 놓고, 아내는 호스로 한가하게 물을 줄 염도 못 품고 바가지째 들이부었다. 아버지는 마당에 버텨 서서 우리 내외가 하는 짓을 지켜보며 가래가 삭지 않은 큰기침을 크르렁거리고 있었다.

꺼져 가는 불을 살리고 콩나물에 물을 다 주었을 무렵, 아버지는 큰기침을 몇 번 더 하고는 아직 어두운 미명을 손으로 홰홰 저으며 가게로 건너갔다. 그제서야 아내와 나는 내복 바람이라는 것을 알고, 방으로 뛰어 들어갔다. 그러나 방문은 활짝 열린 채인데, 영채가 보이지 않았다. 나는 아버지를 떠올려 보았다. 그러나 태어난 지 1년이 넘도록 품에 안아 본 게 손가락에 꼽을 정도였으니, 운다고 안고 나가실 양반이 아니었다. 갑자기 머릿속이 복잡하게 얽히며 우리가 일어났을 때, 과연 아이가 있었던가도 확실치 않게 느껴졌다. 그때 건넌방의 동생이 문을 빠끔히 열며 영채를 내밀었다. 어려서부터 터득한 바이지만, 다른 사람이 혼날 때는 아버지 옆에서 얼쩡거리는 게 아니었다. 우리는 영채를 받아 들고는 옷을 갈아입을 생각도 못하고 멍하니 앉아 있었다. 뒤늦게 한기가 몰려왔지만, 나는 옷 대신 담배를 물었다.

"후딱 나가 봐요. 또 무슨 날벼락 떨어지는 거 볼라꼬요."

담배 맛이 맨송맨송했다. 담배 연기에 눈이 매워 얼굴을 찡그렸다. 나는 담배를 재떨이에 비벼 끄고 매운 눈을 스윽쓱 문지른 다음 주섬주섬 옷을 챙겨 입기 시작했다.

언제나 그날이 그날인 장돌뱅이지만, 설밑 장은 좀 특별했다. 오면서 제수용품도 구입해야 했는데, 제수 용품은 언제나 아버지가 손수 장만하셨다. 또 장도 여느 때보다 풍성하고 활기찼다. 추석 장만은 못해도 장에 깔린 물건이며 장에 나온 사람들, 또 막걸리 한 잔을 들이켜는 노인네의 눈빛도 달랐던 것이다. 장을 돌다 뜨거운 김에 언 손을 녹이며 사 먹는 핏국 맛은 유별났다.

그런데 오늘은 새벽부터 작대기 세례를 맞은 터라 기분이 썩 좋지 않았다. 털레털레 아버지의 뒤를 따라다니며 어깨너머로 화사하게 펼쳐진 설빔을 구경하면서도 나는 영채의 겨울 내복 한 벌 사자는 말을 할 수 없었다. 크르렁크르렁거리는 아버지의 큰기침 속으로 할 말은 다 사라져 버리고, 나는 축 처진 어깨로 아버지의 검정 털신 뒤꼭지만 보며 따라다녔다.

그런데 뒷짐을 지고 어슬렁거리며 돌아다니던 아버지가 걸음을 딱 멈추었다. 아버지가 멈춘 신발 코앞은 논에 들어갈 잠방이*

* 잠방이 : 가랑이가 무릎까지 내려오도록 짧게 만든 홑바지.

자락처럼 둘둘 말아 내린 작은 자루마다 찹쌀이며 콩, 수수 등을 담아 와서 양재기로 파는 할머니 앞이었다. 나는 새벽 일에 대한 감정이 채 가시지 않은 터라 문득 짜증이 치밀어 올랐다. 참내, 이젠 저런 사람들 것까지 다 사들이시나 하는 마음으로 자루에 담겨 오밀조밀 놓여 있는 곡식들을 바라보았다.

"이거 얼마이껴?"

"손자 사다 주실라꼬요? 이거 새로 나온 엑슬란인데 억수로 따

뜻하이더."

아버지가 보신 것은 신발 코앞이 아니라 그 옆에 펼쳐진 옷 장수의 난전이었다. 나는 생각 없이 줄레줄레 따라가다가 깜짝 놀라서 아버지를 올려다보았다. 그러나 아버지는 벌써 벽돌 색 갱지에 영채 옷을 둘둘 말고 있는 장사치에게 돈을 지불하고 있었다. 퍼런 5백 원짜리 지전이 나가고 또 얼만가의 거스름돈이 되돌아왔다. 아버지는 내가 뒤에 서 있는지 마는지 알 바 아니라는 듯, 계산이 끝나자 또다시 뒷짐을 지고 앞으로 나가셨다. 가면서 포도도 사고, 유과도 사고, 밤이며 대추, 조기 등을 더 샀다. 그 모습이 마치 슬슬 지나다가 심심해서 하나 사는 것인 양 다른 때처럼 깎자느니 말자느니 흥정도 없었다. 그냥 달라는 대로 다 내주었다. 장사란 것이 흥정하는 맛이 있어야 하는 법이라고 하신 양반이 말이다. 나는 무연히 울화통이 나서 좀 깎아서 사지, 제값을 다 주고 사느냐고 투덜거렸다.

"영채 옷이랑 몇 개만 빼고는 다 촌에서 대목장 볼라고 나온 사람들인데 뭐 하로 깎노. 그 사람들은 값을 더 올리라 캐도 못 올리는 위인들이다. 그리고 제상에 올릴 물건은 깎는 게 아이다."

아닌 게 아니라, 아버지가 지나온 곳은 장돌뱅이들이 터를 잡는 곳이 아니었다. 장사치들에 밀려 어쩌다 농사지은 것들 이고 나와 파는, 평소 같으면 장이 서지도 않는 장의 가장 외진 곳이었다.

얼핏 장을 다 본 것 같았다. 이제 뜨거운 핏국 한 사발 먹고 돌아갈 일만 남았다고 생각하자, 마음이 좀 느긋해졌다. 그런데 아버지는 여전히 뒷짐을 지고는 시장을 더 돌았다. 벌써 이곳만 몇 번째였다.

"이, 이놈, 바로 니놈 맞구나."

어슬렁어슬렁 걷던 아버지가 느닷없이 난전을 벌이고 있던 영감쟁이에게 달려들더니 멱살을 잡으며 앉아 있던 영감을 일으켜 세웠다.

"니, 나 알겠나?"

갑작스러운 일에 놀란 영감이 눈만 둥그렇게 뜨고 아버지를 바라보았다.

"니, 나 아나, 모리나?"

"왜 이러니껴? 갑자기 이기 무슨 날벼락이래요?"

"잔말 필요 없으니까 니 내 돈 다 물어내 놔라."

갑자기 일어난 멱살잡이에 주변의 장꾼도, 장을 보던 사람들도 모두 모여들기 시작했다. 당황하고 놀랍기는 나도 마찬가지였다.

"아버지요, 왜 이러시니껴."

"니, 이 영감쟁이 기억 안 나나?"

아버지에게 잡힌 멱살 때문에 고개도 숙이지 못하고 커다랗게 벌어진 눈알만 아래로 모으며 그 영감이 나를 흘겨보았다. 영감의 입에서 구린 입김이 하얗게 쏟아져 나왔다.

"아, 맞니더, 생각나니더. 지난번 추석 장에 낼 콩나물콩요."

그랬다. 그때는 콩이 흉년이었는 데다 명절을 앞두고 콩나물콩이 품귀 현상을 빚을 때였다. 우리는 다행히 콩 한 가마를 살 수 있어서 이례적으로 일찍 파장하고 막걸리까지 나누어 마셨었다. 그러나 그 콩이 묵은 콩이었는지 싹이 틀 생각은 안 하고 그대로 썩어 들었던 것이다.

그때 그 콩에 문제가 있다는 것을 눈치 채기 전까지 아내와 내가 얼마나 시달림을 당했던가. 물을 제때 안 줘서 그렇다는 둥, 미련맞게 물을 너무 많이 줬다는 둥, 거의 몇 날 며칠 장터에는 아버지의 쉿소리가 끊이질 않았었다. 그러다 결국 그 콩에 문제가 있다는 것을 알아챈 뒤로 아버지는 더욱 길길이 날뛰고, 염라대왕을 속이면 속였지 나는 못 속인다고 고래고래 소리를 지르고 술을 마시며 시장을 돌아다녔었다.

"이놈이 날 망해 먹게 할라꼬, 지난 추석 장 때 묵은 콩을 판 놈이시더. 이런 놈은 장에 발을 붙이게 하믄 안 되는 거라요. 내가 그때 그 콩 때문에 을매나 애를 먹었는지 아니껴. 그때 손해 본 거 생각하믄 내 아직도 속이 부르르 떨리니더."

아버지는 여전히 그 영감의 멱살을 잡은 채, 모여든 사람한테 당신이 지난 추석 때 얼마나 손해를 봤으며 얼마나 속이 상했는지 입에 거품을 물며 타령처럼 쏟아 냈다.

"이 영감쟁이 이기 미친 사람 아이가. 왜 생사람을 잡고 이러노."

그제야 정신을 차리고 앞뒤 상황을 눈치 챈 영감이 아버지의 손을 뿌리치며 소리를 쳤다. 그러나 그런 손놀림으로 아버지의 손을 뗄 수는 없었다. 아버지의 완력은 당신이 피해를 보셨다는, 또 당신이 이 하찮은 난전 상인한테 당했다는 분노에서 우러나온 것이었다.

"내가 장터를 몇십 년 떠돌아댕겼지마는 나를 속이고 도망가는 놈은 곱게 살지 못해. 시상에 나를 속일 놈은 아무도 없어. 염라대왕도 나를 못 속일 긴데, 니가 감히 나를 속여?"

"이눔아가 어디서 굴러먹던 놈인데 남의 장사 망칠라고 이러노, 으잉? 이눔아, 사람을 잡으려거든 제대로 잡아야지, 나는 니한테 콩을 팔아먹은 적이 없는데."

사람들이 빙 둘러선 가운데서 아버지와 영감은 그렇게 계속 실랑이를 벌였다. 나는 그 사이에서 어쩔 줄을 몰라 쩔쩔맸다.

"봐라, 야가 증인이다."

갑자기 아버지가 내 쪽으로 고개를 돌리며 추궁하는 눈빛으로 나를 바라보았다.

"니 그때 이 사람이 맞지?"

아버지의 눈이 험악하게 일그러졌다. 나는 순간 고개를 끄덕이며 "하믄요. 그때 우리가 을매를 손해 봤는데 모르겠니껴. 이 사람이 맞니더" 하면서 금방이라도 그 사람 멱살을 잡을 듯이 눈을 부라렸지만, 다리는 후들거렸다.

그러나 어차피 2대 1이었다. 또 비록 인사를 트고 지내오진 않았어도 수년간 장터를 떠돌아다녔다면, 아버지에 대한 소문을 들었을지도 몰랐다. 아버지에 대한 소문은 일부는 과장되어 전해지기도 했지만, 대체로 그 사람을 속이거나 해를 입히면 반드시 보복을 당한다든가, 평소 아버지의 입버릇대로 염라대왕도 못 속이는 위인이라든가 하는 것들이었다.

"자, 자, 뭔가 아저씨한테 오해가 있는 모양인데, 여기서 이러지 말고 저쪽으로 가서 조용히 이야기해 봅시다."

"오해?"

아버지가 다시 한 번 눈을 부라리며 멱살잡이한 손을 죄었다.

"아무튼 저쪽으로 가서 조용히 이야기를 해야지, 여기서 이러면 뭐가 되니껴."

아버지는 영감의 옷을 놓았다. 그러자 영감은 펼쳐 놓았던 물건들을 주섬주섬 챙기더니 앞장서서 성큼성큼 걸어 나갔다. 솜을 넣어 누빈 한복 바지가 때에 절어 꼬질꼬질했다. 나는 행여 이 영감이 어디로 도망갈까 싶어 여차하면 뛸 자세로 영감 뒤를 바짝 따라갔다. 그러나 아버지는 언제 그랬냐는 듯이 뒷짐을 진 채 느긋하게 담배까지 피우며 따라왔다.

"봐라, 당신같이 장사하믄 못쓰는 기다. 묵은 콩 팔아 갖고 남의 장사까정 망쳐 놓으면 되겠나."

"보소. 내가 오늘 이 풍천 장에는 본시 처음이고, 콩나물콩을 판 적이 없는데 이 뭔 억지소리니껴. 내사 아까는 말이 안 될 상황이라서 여까지 왔지마는 다시 한 번 말해 보이소."

큰 눈을 끔벅이며 막걸리 한 사발을 들이켠 영감이 입을 열었다. 그러나 그 말하는 본새며 조용조용한 말투가 도통 장터 사람 같지 않았다. 순간 나는 내가 사람을 잘못 본 게 아닌가 하는 의구심이 들었다.

"이기 지금 뭔 소리 하노? 그럼 니가 그 콩을 안 팔았단 말이가?"

아버지가 들었던 막걸리 사발을 탁 소리나게 내려놓으며 다시 눈을 부라렸다. 그러나 맞은편 영감은 얼굴빛 하나 일그러지지 않고 태연했다. 점점 나의 확신은 흔들렸다. 나는 불안한 마음에 엉덩이가 편치 않았다.

"그러믄요. 영감님이 무슨 오해를 하셨는가 보네요. 나는 본시 장사치가 아이니더. 하도 살림이 궁해서 올매 전부터 장터로 나왔지마는 묵은 콩을 판 적은 없니더."

"이거 뭔 시루 엎어 놓고 떡 쪄 먹는 소리여. 사나자슥이 떳떳하게 잘못했다꼬 시인하고 막걸리 한 사발씩 나눠 마시면 될 일 가지고. 봐라, 야가 바로 증인이다. 그럼 우리 두 사람 눈구녕이 다 잘못 뚫렸단 말이가? 봐라 봐라, 니 정 이리 치사하게 나오믄 나도 다 생각이 있다."

아버지의 목청이 자꾸만 높아 갔다. 나는 "야가 바로 증인이다"

하는 대목에서는 저절로 목이 움츠러들었다. 아무리 봐도 영감의 말투가 장사치 같지 않아서 점점 불안했다. 그러나 아버지는 술사발을 탁자 위에 탁 놓으며 벌게진 눈으로 그 영감을 꼬나보았다. 그러더니 드디어 콧구멍이 벌렁벌렁 움직거리기 시작했다. 나는 어디론가 달아나 버리고 싶었다. 만약에 우리가 사람을 잘못 봤다면 뒷감당을 어떻게 할 것인가. 차라리 이쯤에서, 그럼 내가 사람을 잘못 본 모양이라고 사과하고 물러났으면 싶었다. 그러나 아버지의 얼굴은 자신만만하다 못해 도둑놈을 잡은 의기양양함까지 깃들어 있었다.

"봐라, 이 장터에서 나를 속일 사람은 아무도 없다. 염라대왕도 나는 못 속인다."

"글씨, 영감님이 사람을 잘못 봤니더. 나는 그런 콩을 판 일이 없니더. 자, 나는 이 물건 마저 팔러 갈랍니다."

그 영감이 엉덩이를 일으킬 찰나였다. 갑자기 아버지의 눈에서 시퍼런 불꽃이 터지며, 아버지가 영감의 멱살을 잡았다.

"정 그라믄 니 장사할 필요 없다. 지서로 가자. 거기서 결판을 보자. 나야 니눔이 사는 동네에 가서 니가 뭐 했는지 물어보믄 다 안다. 봐라, 아까도 말했지마는 나는 아무도 못 속인다 안 하더나."

멱살을 잡힌 채 엉거주춤 서 있던 영감의 얼굴이 갑자기 똥 빛으로 일그러지더니, 탁자를 가로질러 온 아버지의 팔뚝을 거세게 내리찍고는 팔던 물건도 그대로 둔 채 후닥닥 도망치기 시작했다.

나는 엉겁결에 그 영감을 잡으려고 벌떡 일어났다. 그러나 아버진 "냅둬라" 하고는 다시 담배를 찾아 물었다. 그런 아버지 입에 허연 막걸리 자국이 선명했다. 막걸리 자국이 슬며시 옆으로 벌어지며 아버지 눈에 웃음이 비쳤던가? 나는 엉거주춤 들었던 엉덩이를 다시 내려놓았다. 아버지는 양은 주전자에 남아 있던 막걸리를 마저 따라 마시고는 영감이 놓고 간 자루들을 한 뭉치로 묶어서 내게 내밀었다. 나는 쭈뼛거리며 그것들을 받았다. 장터엔 걸음 빠른 겨울 해가 많이 기울어 있었다.

"사나가 사기를 칠라거든 이승만이맨치로 크게 치야 하는 기다. 그래야 가막소*가 좁다고 못 잡아넣지."

아버지는 의기양양하게 팔자걸음을 걸으며 크르렁 큰기침을 했다.

*가막소 : 감옥.

부처님 전 비옵나니

보랏빛 오동나무 꽃이 지더니 남산에서 막 피기 시작하는 아카시아 꽃의 향기가 아침저녁으로 흐드러졌다. 유난히 주전부리를 좋아하는 막내는 제 또래들과 뭉쳐 다니며 아카시아 꽃을 한 움큼씩 쥐고 먹어 댔다. 벌써 집 앞 대추나무 잎이 아기 손끝만 하게 트고, 여름이 코끝에 와 있었다.

어머니는 며칠 전부터 안절부절못하며 아버지 눈치 살피기에 바빴다. 초파일이 코앞이니 지금쯤은 가족 수대로 연등을 주문해야 할 텐데, 도무지 돈으로나 시간으로나 짬이 나지 않았던 것이다. 더구나 얼마 전부터 야채전까지 벌여 놓은 상태라 더욱 시간을 낼 수가 없었다. 그 야채전 때문에 아버지 몰래 뒷주머니 차기는 수월해졌지만, 꼼꼼한 아버지 성격에 그도 만만치 않았고, 겨우 고양이 눈물만큼씩 챙기는 것이 고작이었다.

얼마 전 아버지는 육촌 형님을 불러 놓고 말했다.

"니 올부터는 야채를 다른 데 내지 말거라."

"그럼 어째니껴?"

"어째긴. 내가 팔지."

"싸전 치우실라이껴?"

"한쪽 귀퉁이에 놓고 팔믄 되는데 싸전은 왜 치우노. 콩나물도 내보니까 심심치 않게 팔리더라. 나도 올해는 저쪽 땅에다가 뭐라도 내볼 요량이다."

"아재요, 그라믄 값은 제대로 쳐주는 깁니다?"

종산에서 농사를 지어 읍내 장에 내다 팔던 육촌 형님은 몇 번씩 제값을 쳐주는가 확인을 하고, 우리 집에 야채를 대 주기로 했다. 그렇게 해서 아버지는 싸전 한 귀퉁이에 야채전까지 벌였다. 그러나 채소를 팔면서 제일 고달픈 것은 어머니였다. 남들보다 깨끗해야 제값 받는 상품이 된다는 아버지의 성화에다, 그 무렵 유천에 공군 비행장이 들어서면서 따라온 군인 가족들 때문이었다. 그전까지 시장에 나온 야채란 밭에서 캐온 대로 단을 묶어서 팔면 되는 물건이었다. 그런데 새로 장에 나온 군인 마누라들은 달랐다. 흙이 덕지덕지 묻은 열무 단이나 파 단은 아예 쳐다보지도 않았고, 알타리무나 파같이 다듬는 데 시간이 많이 가고 귀찮은 것들은 아예 깨끗하게 다듬어 놓아야만 사 갔던 것이다.

이제 우리 형제들은 쌀 배달 하는 일에다 야채를 다듬는 일에까지 덤벼들어야 했다. 특히 며칠씩 지나 누렇게 뜨기 시작한 파는 그 누런 잎을 따내고 다듬어 놓으면 한결 물건 꼴이 갖추어졌으므로 아버지의 성화는 언제나 거역할 수 없는 일이었다. 게다가 그 파 몇 단을 다듬는 데 눈물, 콧물을 한 바가지씩 쏟아 내야 했으므로, 우리는 파 다듬는 일에 염증을 내곤 했다. 그런 데다 육촌 형님이 종산에서 내오는 열무며 파 등은 단 사이마다 잡초들이 많이 섞여 있어 번번이 아버지와 한바탕 큰 소리가 오가곤 했다. 뿐만 아니라, 그 엉터리 단 때문에 우리는 아버지 앞에서 그 단을 풀어 새로 만들어 내는 수고마저 해야 했다.

솎아 낸 열무를 다듬던 어머니의 손이 무심결에 멈추더니 한숨 한 자락 뽀로록 내쉬며 하늘을 올려다보았다. 그러다 종일토록 가겟방 쪽마루에 앉아 마실 한 번 안 나가며 줄담배를 피우는 아버지를 등줄기로 느꼈는지 멈췄던 손을 다시 놀리기 시작했다.

그릇 집 예성이네 가게 앞에서 긴 쪽의자 한 쪽씩 차지하고 앉아 장기를 두면서도, 나는 어머니의 그런 행동을 자꾸만 힐끔힐끔 쳐다보았다.

"장기 두는 사람 어데 갔나."

예성이네 아버지가 몇 번씩 같은 소리를 반복한 끝에 맥없이 져버린 장기판을 그냥 거둬 버릴까 하다가 하릴없이 또다시 말들을 전투 자세로 배열했다.

"에헤, 이 사람 정신을 어데 두고 있노. 싸움도 너무 싱거우믄 재미가 없는 거라."

내가 또 힘없이 지자, 예성이네 아버지는 솥뚜껑같이 투박한 손으로 그릇에 장기알을 쓸어 넣었다.

"장 서기 전에 얼른 올라갔다 오지요."

오래오래 열무 솎음만 다듬고 앉아 있는 어머니 옆에 슬그머니 앉으며 어머니의 얼굴을 살폈다. 어머니는 핏기 없는 웃음을 내보이다 말고는 슬며시 아버지를 돌아보았다. 아버지는 밖의 햇살이 고개조차 디밀지 못한 가게 안의 침침한 어둠 속에서 여전히 장죽을 문 채 앉아 있었다.

"내일 풍천 장 가실 건가 본데요."

슬쩍 아버지가 장에 간 사이에 가도 되지 않느냐고 운을 뗐지만 여전히 그냥 웃으시기만 하는 어머니의 얼굴엔 별다른 희망이 보이지 않았다. 아버지가 장에 가시면 어머니는 야채를 받아서 그것을 다듬고, 그 일이 끝나면 아버지가 장에서 실어 보낸 쌀을 받아 사람을 부려 창고에 옮겨 놓는 일을 해야 했기 때문이다.

그래도 다른 때는 요령껏 절에 가서 섬 처녀가 뭍에서 온 총각 선생 얼굴 훔쳐보듯 부처님 얼굴만 후딱 쳐다보고 오기라도 했다. 하지만 초파일 밑이라 아버지도 은근히 신경을 곤두세우고 있는 형편이었으니 만만치 않았을 것이다.

아버지는 유달리 종교를 싫어했다. 기독교든 불교든 무속이든 다 그랬다. 그렇게 빌고 있을 정성과 힘으로 삽이라도 들고 나가 땅을 파는 것이 현명하다고 생각하는 사람이었다. 인생은 농사와 같아서 자기가 가는 대로 열매가 맺어지는 것이라고 생각했다. 빌고 기원한다고 이루어질 인생이면 무엇 때문에 일을 할 것이며, 회개한다고 죄가 없어지면 무엇 때문에 죄를 짓지 않겠느냐는 것이다. 그러나 무엇보다 아버지가 어머니의 절 나들이를 반대하는 이유 중의 이유는 바로 시주였다. 징징 짜는 거지에게도 보리밥 한 술 그냥 주는 것을 못 참는 아버지가, 종일 목탁이나 두드리는 위인한테 생으로 피 같은 돈을 준다는 것은 이해할 수 없는 일인 것이다. 그래서 아버지는 스님의 목탁 소리만 나도 득달같이 뛰어나와 소리를 버럭 지르며 "부처가 장사시켜 주믄 내가 절에 들어앉아 염불이나 외고 있지, 이 짓 하고 있나. 공것을 챙기는 놈이 도둑이지 중은 무슨 놈의 중" 하면서 스님에게 잔뜩 무안만 주고 쫓아 버리곤 했다.

그런 아버지에게 어느 날 큰 사건이 터졌다. 우리 집과 거래하던 중간 상인인 장 씨가 아버지 돈을 떼먹고 달아난 것이다. 아버지는 내가 가게 일을 잘할 수 있으면 중간 상인을 거치지 않고, 직접 태백이나 삼척으로 나가 거래할 마음을 품고 있을 때였다. 아버지는 그 사실을 알고는 입에 거품을 물었다. 며칠 술을 마시며 온 시장 바닥을 돌아다니고, 악에 가까운 노래를 부르는가 하면, 허공에 삿대질을 하며 "내 돈을 떼먹고 도망갈 놈은 이 세상에 없다"고 고래고래 소리를 질러 댔다. 염라대왕 돈은 떼먹어도 아버지 돈은 못 떼먹는다는 풍문에 은근히 흡족해하던 아버지에게 그

사실은 일대 충격이었다. 술보다도 당신 성깔에 못 이겨 넘어지고 차여서 얼굴은 흉하게 까지고 몸뚱이 여기저기가 짓이겨진 채 쉰내가 풀풀 났다. 아버지의 그런 광기에 장터는 고요했다. 누군들 감히 아버지의 그 광기에 참견하고 나서겠는가.

그러더니 어느 날, 말짱하게 술기 가신 얼굴로 집을 나가셨다. 그제서야 사람들은 조금씩 술렁거리기 시작했다. 사람들은 아버지가 술병이 나서 누웠냐며 안부를 물었다. 또 어떤 사람은 호기심 어린 눈으로 가게 안을 살폈다. 나는 아버지가 걱정되면서도 한편으로는 영영 들어오지 않았으면 좋겠다고 생각했다.

그러나 나의 기대는 얼마나 허망한 것이었던가. 저녁 무렵 아버지는 환한 저녁 햇살을 이마에 얹고 의기양양한 팔자걸음으로 돌아오셨다. 그리고 뒤이어 큰 달구지가 가게 앞에 멈춰 섰는데, 그 달구지에는 온갖 것들이 다 있었다. 그 당시에는 꽤 귀했던 흑백 텔레비전부터 시작해, 반닫이 장롱이며 된장 · 고추장이 담긴 항아리에 이르기까지 아마도 그 집에 있던 온갖 세간살이를 다 걷어 온 모양이었다.

"그 장가 놈의 아새끼까지 끌고 와서 머슴살이 시키려다 참았다."

입을 다물지 못하고 서 있는 내게 아버지는 크르렁 큰기침을 한 번 하시더니, 물건들을 서둘러 내려놓으라고 하셨다. 나는 불에 덴 강아지처럼 화들짝 놀라 그 짐들을 내려놓기 시작했다. 이미 가게 앞에는 이웃 사람들이 몰려 서서 호기심이 데굴데굴한 눈알을 굴리고 있었다.

"어른요, 이게 모두 장 씨네 거니껴?"

"아암, 염라대왕도 내 돈은 못 떼먹는다."

옆집 땜장이 아저씨의 물음에 아버지의 표정은 자못 만족스러워 보였다. 그러고는 모여든 이웃들에게 벌써 흥정을 하기 시작했다. 그중에서 텔레비전이 제일 먼저 팔려 갔다. 된장·고추장은 식당에서 사 갔다.

짐이 다 내려지고 웬만한 것들은 싼 맛에 게 눈 감추 듯 팔려 나가자, 아버지의 수중엔 돈이 좀 고이기 시작했다. 그런데 느닷없는 문제가 또 일어났다. 아버지가 그제서야 어머니를 찾으신 것이다. 나는 오금이 저렸다.

"요 앞에 잠시 마실 나간 모양이시더."

"요 앞에 마실 나간 사람이 이 난리를 치는데도 안 나타나노. 보나마나 내가 나갔으니 또 절로 쪼르르 달려갔구먼."

아버지의 콧구멍이 또 벌렁대기 시작했다. 아버지가 잠깐 자리를 비운 사이, 그것도 며칠 동안의 그 지독한 술독에서 겨우 빠져나와 당신 돈을 떼먹은 놈을 찾아 나선 사이, 절에 돈을 갖다 바치러 쪼르르 나갔다는 것은 아버지에겐 절대로 용서하지 못할 일인 것이다. 사실 달구지에 가득 싣고 온 물건들은 그 부피에 비해 값이 형편없었다. 다만 화풀이 수준이었다. 아버지도 애써 표현하지 않을 뿐이었다. 하잘것없는 살림 몇이 쌀 수십 가마에 대겠는가. 그런데 그 와중에 어머니가 없어진 것이다. 그것도 절로, 시주하러.

나는 속수무책으로 벌름거리는 아버지 콧구멍만 힐끔거렸다. 공연히 쌀 됫박도 털어 내고, 됫박에서 쌀을 잴 때 깎아 내는 둥근 막대기인 둥굴대를 한번 쓰윽 닦아 내기도 했다.

"됫박은 쓸데없이 왜 터노?"

아버지의 쉿소리가 날아왔다. 그러잖아도 심사가 편치 않은 터에 앞에서 알짱거리는 나에게 화살을 날려 보낸 것이다. 더구나 됫박을 함부로 터는 것은 복이 달아나는 일 아닌가. 됫박 안쪽에 붙은 겨를 털어 낸다는 것은 그만큼의 쌀이 더 나간다는 뜻이리라.

아버지는 됫박 쌀을 되는 것도 노련했다. 조금이라도 흔들거나 지체하면 그 사이에 조그만 공간들을 비집고 쌀이 한 톨이라도 더 담기기 때문이다. 그래서 아버지는 바쁘지 않은 한 나에게 됫박을 넘기지 않았다. 쌀을 됫박에 담아서 둥굴대로 굴려 깎아 내는 내 동작이 굼뜨다는 이유에서였다. 아버지는 왼쪽 엄지를 됫박에 깊숙이 넣고 쌀을 푼 다음, 둥굴대로 쓰윽 쳐서 봉지에 담는 동작이 매우 빨랐다. 또한 됫박을 절대로 바닥에 수평지게 놓지 않았다. 경사지게 놓고 얼른 깎아 내리는 것이 비결이기도 했다. 쌀 한 알갱이라도 더 들어가는 법이 없었다. 그랬으므로 쌀 한 가마를 풀어 됫박 쌀을 팔면 쉰 되가 채 안 나오는 것이 정상이었지만, 아버지의 됫박 솜씨는 적어도 쉰한 되나 두 되는 나왔다. 그래서 우리 가족은 누구도 선뜻 됫박을 잡지 못했다.

사위가 온통 고요했다. 평소에 자잘한 소음들로 부산스럽던 공터도 저녁 햇살만 가득 담은 채 비어 있고, 저녁 장을 볼 시간인데도 어쩐 일인지 시장이 조용하기만 했다.

"집안에 도둑을 키우고 있는 거라. 이놈우 여펀네 들어오기만 해 봐라. 다리몽뎅이를 부러뜨려 놓을 기다."

새마을 담배 연기가 푸른 독을 싣고 넘실대며 흩어졌다. 벌름대는 아버지의 콧구멍에서도, 연신 씩씩거리는 입에서도 담배 연기는 쉴 새 없이 뿜어져 나왔다. 나는 슬며시 일어나서 창고로 갔다. 상가 한쪽의 창고에는 늘 5, 60가마의 쌀이 쌓여 있었는데, 이 조그만 읍내에서 그 정도면 상당히 큰 규모의 싸전이었다. 그런데 장 씨가 저렇게 날아 버렸으니, 거래처를 잃은 쌀은 당분간 창고에 박혀 있을 것이다.

"이놈우 여펀네가 정신이 있노 없노. 아예 나가라. 나가서 중놈하고 붙어살든지, 집구석에는 한 발짝도 들여놓지 마라."

갑자기 아버지의 쇳소리가 날아오며 뭔가 우당탕 떨어지는 소리가 들렸다. 순간 나는 올 것이 왔다고 느꼈다. 골목으로 난 샛문으로 나가 보니 공터 쪽으로 굴러간 찌그러진 양동이와 둥굴대가 보였다. 아마 둥굴대를 냅다 던진 것이 밖에 놓여 있던 함석 양동이에 떨어진 모양이었다. 몇 번 땜질을 했는데도 번번이 새고 마

는 그 양동이는 아버지 눈치 때문에 버리지 못하고 가끔씩 마른 것을 담아 쓰던 것이었다. 아버지는 그 양동이를 대여섯 번은 때웠다. 그러나 첫 번째만 돈을 주고 했을 뿐 언제나 공짜였다. 한 번 때웠는데 왜 새느냐고 따지고 들었기 때문이다. 나는 공터로 굴러간 양동이와 둥굴대를 얼른 주워 왔다. 그나마 어머니에게 정통으로 맞지 않은 것이 다행이었다.

어머니는 오늘 밤 이웃집 신세를 져야 할 것이다. 어차피 내일은 유천 장이 서는 날이라 아버지와 내가 가게를 비우면 어머니는 늘 그랬듯이 자연스럽게 가게로 돌아올 것이다.

하지만 다음 날 우리는 유천 장에 가지 않았다. 차떼기를 대행해 주던 장 씨가 사라졌으니 당분간 쌀을 거둬들일 수 없게 된 것이다. 이미 창고에는 쌀이 수북이 쌓여 있고, 우리는 또 다른 판로를 모색해야 했다.

아버지는 가겟방에 앉아 담배를 피웠다. 나는 이번 일을 계기로 아버지가 직접 차떼기를 할지 모른다고 생각하니 가슴이 콱 막혀 왔다. 아버지가 담배를 피우며 골몰한 얼굴이 될 때마다 내 불안은 커져 갔다. 내 불안을 모르는 듯 아버지는 연신 담배를 피웠고, 그러더니 드디어 외출이 잦아지기 시작했다. 삼척이나 태백으로 나갔다 며칠씩 자고 오기도 했다. 그러나 외출에서 돌아올 때마다 아버지의 얼굴은 어두웠다. 무슨 속셈을 하고 계신지 모르지만 생각대로 일이 풀리지 않은 것은 분명했다. 그런 아버지를 곁에서 지켜보는 것이 그리 유쾌한 일은 아니었지만, 한편으론 안심이 되기도 했다.

지금까지는 시골 장에서 쌀을 모아다 곳간에 보관해 두고, 다른 사람을 시켜 삼척이고 태백에 쌀을 풀어놓는 것이었으니, 우리는 쌀을 수집하는 일만 하면 되었다. 하지만 우리가 직접 차떼기를 한다면 쌀을 푸는 문제는 내게 떨어질 것이고, 그에 따른 수금과 공급과 수요 조절까지 맡길 게 뻔했다. 하지만 그 일에는 많은 모험이 필요했다. 당장 수월치 않은 차 값 마련도 문제려니와 쌀을 풀어놓을 탄광촌의 판로도 문제였다. 그동안 장 씨가 쥐고 있던 거래선과 기존의 거래선을 어떻게 뚫고 나가느냐가 차떼기에 성공하느냐 못 하느냐의 관건일 것이다.

아버지가 고민하고 탐색하는 분야도 바로 탄광촌에서의 거래선일 것이다. 현금으로 쌀을 사다 외상으로 풀어놓는 일이니 웬만한 수완이 아니고는 수지를 맞추기가 힘들 뿐만 아니라, 그 바탕에 깔린 신용이 무엇보다 문제였다.

"니가 일이 좀 더 손에 익거든 해야 될 기다. 광부가 아니어도 워낙 들고나는 사람이 많은 동네라 믿을 만한 사람 잡기도 수월찮고, 홧김에 서두르다가 일 그르치기 십상일 거라."

감히 물어볼 엄두도 못 내고 아버지의 잦은 외출만 지켜보았는데, 어느 날 밥상머리에서 아버지는 나에게 눈길도 주지 않은 채 혼잣말처럼 중얼거렸다.

나도 젓가락질을 하면서 표정 없이 아버지의 이야기를 들었지만, 생각했던 것처럼 안도감도 기쁨도 없었다. 다만 아버지의 목소리에 힘이 좀 빠져 있고 윤기가 흐르지 않는 것이 어색하고 낯설 뿐이었다.

"자고로 사람이 어려울 때 기댈 데가 있어야 지내기가 수월컨만……."

혼자 끙끙대는 아버지를 보며 어머니는 중얼거렸다. 그 말속에서 나는 어쩌면 더욱 자주 어머니가 절로 숨바꼭질을 하러 다니겠구나 생각했다. 그동안에도 어머니는 아버지와 내가 장에 가는 날이면 잠깐씩 절에 올라가 불공을 드렸었다. 그런 날이면 어머니의 눈빛에서 향내가 났었다.

"법당 마루에 부처님 마주하고 턱 앉아 있으믄 세상에 근심거리가 하나도 없다. 내가 배운 기 없고 모질지 못해서 절로 들어가지 못한 게 어떤 땐 한스럽다. 거기만 가믄 어째 그리 시간이 슬슬 지나가 뿐지는지, 내사 알다가도 모를 일이지. 사람이라는 게 어째 혼자 다 할 수 있는가. 맹 어데다가 기대고 의지하고 살아야 편치. 아무리 내 손으로 내 인생을 가꾼다 캐도 팔자라는 기 있고, 기도해서 좋아질 거이 있는데 말이다."

어머니는 종교를 갖지 못하는 아버지를 측은해했다.

내 예상은 맞았다. 어머니는 아버지를 피해 마실 가듯 슬쩍슬쩍 절에 올라갔다 오는 횟수가 잦아졌다. 또 아침이면 새벽같이 일어나 살림집 옥상에 정한수 떠 놓고 절이 있는 남산을 향해 합장했다. 내가 그것을 알아챈 것은 어느 날부터인가 어머니가 콩나물 도가에 물을 주고 마당을 쓸기 시작한 뒤였다. 어머니는 매월 초하룻날과 보름날이면 새벽같이 절에 올라가 기도드리고 오곤 했다. 어머니의 기도 덕분에 우리는 달콤한 아침잠을 조금 더 연장할 수 있었다. 언제나 콩나물 도가에 묵지근한 내 아침잠을 털어 넣을 때마다 머리꼭지에 짜증이 고이곤 했었다. 그러나 쓰윽싹 쓱쓱 경쾌한 비질 소리와 부스럭거리며 일어날 채비를 하는 아내의 옷 입는 소리를 묵지근한 솜이불 속에서 발가락 꼼지락거리며 듣는 느긋함이란.

그러나 난 애초부터 편안함이라든가 행복함 따위가 내 인생에 깊이 스며들지 못할 거라는 막연한 불안감을 갖고 있었다. 짧은 행복감 뒤엔 언제나 지긋지긋하도록 긴 두통거리가 터지곤 했다.

"영채야, 영채야이!"

큰아이를 부르는 절박한 사내의 음성이 이른 새벽 공기를 가르며 우리 집 대문을 마구 두드려 댔다. 내 몸속에 숨은 듯 고여 있던 불안한 예감에 벌떡 몸을 일으켜 내달리듯 마당을 가로질러 대문으로 갔다. 어쩐 일인지 대문 안에 살짝 괴어 놓은 돌멩이가 여태도 그 자리에 있었다. 우리는 새벽에 드나드는 아버지와 어머니를 위해 대문 빗장을 지르지 않고 안에서 돌멩이만 괴어 놓았었다. 순간적으로 난 어머니가 오늘은 옥상에 정한수를 떠 놓지 않았고,

그렇다면 절로 갔을 것이고, 또 오늘이 초하루 아니면 보름날인가 하다가 바로 초파일이라는 사실들을 한꺼번에 확 깨달았다.

"클났다. 가게로 가 보거라. 후딱."

그릇 집 예성이네 아버지가 파자마 바람으로 씩씩대며 내 손을 잡아끌었다. 대강 운동복 바지만 걸친 나는 러닝셔츠 바람으로 시장으로 내달렸다. 희붐한 안개가 서둘러 길을 내주며 흩어졌다. 고무 슬리퍼가 발에서 미끄러졌지만 그것이 미나리꽝으로 굴러가는지도 모르고 뛰었다. 멀리서 아버지의 쉿소리가 클클거리며 시장 안에 울리고 있었다. 그 소리는 마치 낡은 지엠시(GMC) 트럭이 클클거리며 발악해 대는 소리 같았다.

가게 주변으로 새벽잠을 다 물리치지 못해 부스스한 사람들이 웅성거리며 둘러서 있었다. 무엇인지 모르지만 또 아버지의 광기가 터져 버렸구나. 아니, 어머니가 부처님 보러 가다가 아버지한테 들켰구나. 순간 난 부처에게 화가 났다. 자기를 섬기는 중생의 안전 하나도 지켜 주지 못하면서 어떻게 그 높은 좌대에 은근한 미소를 머금고 앉아 있단 말인가. 왜 어머니는 그런 부처를 사모하는가.

그 위급한 상황에서도 어처구니없는 생각 하나가 내 머릿속에서 빙빙 도는 것을 빼 버릴 수가 없었다. 어쩌면 어머니는 아버지를 사랑하지 못하므로 대신 부처를 사랑하는 게 아닐까 하는.

"니년이 그 중놈하고 붙어먹지 않고서야 어째 이럴 수 있노. 니

서방 체온이 채 가시지 않은 몸으로 또 중놈 품에 안기는 이 화냥년 같으니라고."

멀리서 쉿소리로만 웅웅거리던 소리란 바로 이것이었다.

희한하게도 아버진 그 포악한 성질이 발동할 때도 절대 어머니에게 손찌검을 하지 않았었다. 우리 자식들이야 그 주먹에 무수히 휘둘리고 얻어터지는 게 다반사였지만. 그랬기에 아버지의 그 우렁우렁한 포효 소리를 들으면서도 한켠으론 안심이 되는 구석이 있었다. 나는 새벽잠을 뿌리치고 둥글게 모여 선 사람들을 뚫고 들어갔다. 그런데, 그런데! 어머니는 아버지의 손아귀에 머리채를 잡힌 채 이리저리 아버지 겨드랑이 밑으로 휘둘리고 있는 중이었다. 내가 아버지 바짓가랑이를 붙잡고 꿇어앉으며 아버지를 부르짖자 아버지는 문득 정신이 든 듯 어머니를 한쪽 구석으로 내팽개쳤다. 어머니가 고꾸라진 그 자리엔 네댓 되 남짓 들어 있어 뵈는 쌀자루가 있었다.

호기심에 새벽잠을 물리치고 나왔던 사람들은 모두 흩어졌다. 축축한 안개 사이로 햇살이 조심스럽게 스며들었다. 아내의 손에 끌려 어머니는 집으로 돌아갔다. 아직도 한켠에 널브러져 있는 낡은 쌀자루 위에 아침 햇빛이 주춤주춤 몰려왔다. 그 낯선 밝음 사이로 마이크로 한껏 키워진 목탁 소리와 불경 소리가 가게 안까지 들어와 넘실거렸다. 아까부터 아버진 가겟방 마루에 앉아 담배만 피웠다. 초파일 이른 아침에.

선산

"이런 비는 아무것도 아이다."

태풍이 오고 있었다. 가겟방 쪽마루에 엉덩이를 반쯤 걸치고 앉아 연신 담배를 피우는 아버지는 혼잣말처럼 중얼거렸다. 나는 아버지를 흘끗 쳐다보았다. 푸른 담배 연기가 피어오르는 주름 진 얼굴에 근심이 가득했다.

그런 모습을 보자니 문득 초등학교 때 일이 생각났다. 그때도 아버지는 이런 비는 아무것도 아니라면서도 근심 가득한 얼굴이었다.

"갑술년에 비하믄 아무것도 아인 거라."

아버지는 태평했다. 아니, 태평하려고 노력했던 것 같다. 심상찮은 비바람 때문에 큰아버지와 사촌 형, 그리고 아버지와 나만이 추석 성묘를 했다. 큰아버지는 선산에 도착하자마자 자리도 펴지 않고, 물론 비 때문에 펼 수도 없었지만, 할아버지 산소에다만 싸간 음식을 대강 진설*하고 서서 절을 대신했다. 그리고 막걸리를 병째 산소에 들이붓고는 일어서자고 했다. 그러나 아버지는 큰아버지를 먼저 보냈다. 아버지는 큰아버지가 둘러보지 않은 윗대의 산소들까지 한 바퀴 돌고야 발걸음을 아래로 옮겼다. 나는 얼른 뛰어가서 큰아버지를 따라잡아야겠다는 생각에 마음이 더 급해졌다. 그러나 몇 걸음 내려오던 아버지는 또다시 걸음을 멈췄다. 아버지는 묘도 없는 빈 터를 이리저리 둘러보며 서두르는 기색이 없었다. 비는 점점 더 세차게 내리기 시작했다.

"아버지요, 비가 더 오니더."

"석아, 이 자리 어떻노? 참 좋지?"

아버지는 엉뚱한 소리로 나를 더 불안하게 했다. 아버지는 이런 비는 아무것도 아니라고 했다. 그러나 어린 내 생각에도 바람 부는 것이 심상치 않았다.

어쩌면 아버지는 그때부터 그 자리를 마음에 두고 있었는지 모른다. 한참을 더 산에서 서성거리던 아버지와 10리 길을 뛰듯이 걸어서 읍내 어름에 도착했을 때는 이미 비도 바람도 위험 수위를 넘어서고 있었다. 바람 때문에 지우산*은 이미 망가져 버렸고, 우리는 공굴다리를 건너지 못하고 남산 모퉁이에 한참을 서 있어야 했다. 종산에서 읍내로 들어가자면 반드시 공굴다리를 건너야만

*진설(陳設) : 제사나 잔치 때, 음식을 법칙에 따라 상 위에 차려 놓음.
*지우산 : 대오리로 만든 살에 기름 먹인 종이를 발라 만든 우산.

했다. 그러나 한쪽이 산으로 막힌 길을 걸으면서도 바람에 날려 갈 것 같았으니, 허허로운 냇물 위에 놓인 그 다리를 건너는 것은 엄두도 낼 수가 없었다.

한참을 기다린 후 바람이 조금 수그러드는 기미가 보이자, 아버지와 나는 잽싸게 공굴다리 위를 뛰어갔다. 그러나 다리 중간쯤에 갔을 때 바람이 다시 미친 듯이 불어 댔다. 안간힘을 썼음에도 다리 난간까지 밀려갔다. 나는 바람에 쓸려 가지 않으려고 필사적으로 난간을 잡고 몸을 웅크렸다.

"석아이!"

한두 걸음 앞서 뛰던 아버지가 놀라 되돌아오셨다. 아버지는 나를 당신의 품에 품고 둔한 걸음으로 다리를 빠져나왔다.

그때가 초등학교 2학년 때였을 것이다. 바야흐로 사라호 태풍*이 전국을 강타하고 있었다. 집 앞 하천은 싯누런 흙탕물이 노도

*사라호 태풍 : 1959년 9월 15일 발생해 한반도 남부에 막대한 해를 입히고 나흘 만에 소멸한 대형 태풍.

처럼 넘실거리며 둑을 위협하고, 그 물결 위로 집이 통째로 떠내려가고 돼지도 꿀꿀거리며 떠내려갔다. 가게 앞 공터에도 이미 물이 무릎까지 차올랐는데, 어쩐 일인지 동네 개구쟁이들이 잠잠했다. 추석이어서 그런 것은 아니었다. 가게 앞 공터는 장이 서지 않는 날엔 아이들의 놀이터였다. 또한 조금만 큰비가 와도 물이 차서 동네 꼬마들은 그곳에 종이배를 띄우기도 하고 물속을 첨벙거리며 돌아다녀, 집집마다 여자들의 악쓰는 소리와 매타작 소리도 끊이지 않았다. 그런데 그날은 공터가 잠잠했다. 그도 그럴 것이 애 어른 할 것 없이 동네 사람들이 모두 천방이고 공굴다리에 나와서 걱정 반 호기심 반으로 불어나는 하천에 정신이 팔려 있었던 것이다. 누가 떠내려가는 돼지를 건져 내서 횡재를 했다는 둥, 누구는 가마솥을 건졌다는 둥 하는 가슴 설레는 소문들이 빗줄기 사이로 넘나들었다. 그러나 누구는 송아지를 건지려다가 물에 휩쓸려 떠내려갔는데 시체가 왕신 들머리 쪽에 걸려 있더라는 소문은 횡재를 얻고 싶은 사람들의 가슴에 못질을 해댔다. 그러더니 급기야 굴머리 둑이 터지고 말았다. 이제 읍내가 어디까지 물에 잠길 것인가가 근심거리로 떠올랐다.

"갑술년 홍수 때는 대단했지러. 그때 내가 열댓 살 먹었을 땐데, 비가 얼마나 많이 왔던지, 여기서 10리나 들어가는 종산까지 배를 타고 다녔던 거라. 온 천지가 바다 같았는데 사람들이 산으로 다 도망가 뿌리고, 그 와중에도 소는 끌고 가겠다고 소 엉덩이를 밀며 산으로 올라갔던 거라. 니 할매는 머리가 좋았지. 쌀을 뒤주에 서 퍼내 올망졸망 한약 봉지맹키로 만들어서 천장에 매달아 놓고는 며칠 먹을 보리쌀만 등에 지고 갔으니. 그런데 그것들도 맹 허사였다. 마을에 물이 한번 차는데 순식간인 거라. 그때는 종산에 살았을 땐데, 암튼 종산에 살던 사람들 중 절반은 죽었지 싶다."

당장 집이 잠기느냐 마느냐 하는 판에 아버지는 내내 갑술년 타령만 했다.

"이래 가지고 나락이 배길라나."

아버지는 지금 종산 논이 더 걱정인 모양이었다. 아버지는 선산 밑에 있는 종산 땅에 애착이 많았다. 겨우 서너 마지기나 될까 말까 한 땅이었다. 그래서 그 땅으로는 자식들을 교육시킬 수 없다고 판단한 아버지는 내가 대여섯 살 되던 무렵에 무일푼으로 읍내로 나왔던 것이다. 읍내로 나오고 얼마 동안 우리는 구호 식품으로 나오는 밀가루 죽으로 연명해야 했다. 그랬음에도 아버지는 그 땅을 팔지 않았다. 아버지는 뿌리를 캐면 뭐가 남느냐며 한사코 버티셨다.

"달석이 이눔우 자슥, 게을러서 물꼬나 제대로 봐 놨나 모리겄다."

"이렇게 비가 오는데 물꼬 봐 논다고 될 일이껴."

걱정스러운 얼굴로 멍하니 앉아 있던 어머니가 참견을 했다.

"사라가 지집아 이름이란다. 자고로 지집이 한을 품으믄 오뉴월에도 서리가 앉는 법인데, 서양 지집아들도 똑같구나."

태풍 사라는 많은 것을 휩쓸어 갔다. 전국을 강타한 사라는 아버지 말대로 독한 지집이었다. 해가 나자 아버지는 선산이 있는 종산으로 향했다.

아마 지금도 아버지는 선산 걱정을 하고 있을 것이다. 사라호가 휩쓸고 지나갔던 그해처럼. 그래서 이 비가 그치면 제일 먼저 종산으로 달려갈 것이다. 지금도 이해할 수 없는 일이지만 아버지는 가끔 당신이 묻힐 자리에 앉아서 시간 보내기를 좋아하셨다.

"봐라. 여가 내 자리다."

추석을 앞둔 어느 날 아버지는 나와 함께 벌초를 하러 갔다가 당신의 자리에 앉아 푸근한 얼굴로 담배를 피웠다.

"여그 누워 있으믄 젤로 좋다. 이 자리가 바로 후손이 발복할 자린 거라."

"큰아버지가 있는데요?"

"니 큰아버지야 저 웃자리에 묻혀야지."

"지난 시사 때 보니까 큰아버지도 이 자리를 탐내는 것 같던데요."

"어림없는 소리지. 형님이 저 웃자리에 묻혀야지. 그러잖아도 선산이 조막만 해서 벌써 다 차 가는데, 형님이 이 자리에 묻히믄 저 웃자리가 쓸데없이 남는데 안 되는 소리지. 그렇다고 아랫대가 웃자리에 누울 수도 없고……. 이 자리가 바로 아랫대에서 발복할 자린 거라. 내 안 보아도 너희들이 다 잘사는 것을 보는 것 같다."

그러면서 아버지는 뱀 꼬리처럼 구부러져 겨우 밭과 구분만 할 수 있을 정도인 선산의 맨 끄트머리 자리를 애써 외면했다. 그곳은 아버지의 이복형님이 묻혀 있는 자리였다. 오래전 그 배다른 큰아버지가 죽어 돌아왔을 때, 집안에 한바탕 소란이 일었다. 그래도 같은 박가라고 선산을 달라는 사촌과 큰아버지가 맞섰기 때문이었다. 관은 큰댁 대문 밖에서 이틀을 자야 했다. 그러잖아도 배다른 형제인 데다가, 도회지를 떠돌다 돌아온 처지였으므로 마땅히 초상집이라 할 만한 천막 하나 치지 않았고, 오뉴월에 상여도 없이 벌거벗은 관이 문밖에 놓여 있었다. 우리 꼬맹이들은 날이 어두워지면 쥐 죽은 듯이 집에 틀어박혀 있다가도 낮엔 그 주위에 얼씬거리며, "큰일났다. 니네 집에 저 죽은 귀신이 한을 품어서 너도 밤에는 집 밖에 나오믄 안 되는 기다. 니네 큰아버지가 나쁜 사람이다. 그까짓 선산이 뭐라꼬. 나 같으믄 얼릉 주어 버릴 긴데. 봐라, 야들아, 귀신 붙은 아하고 놀지 말자" 하며 나를 따돌리곤 했다. 그런 온갖 수모 끝에 그 배다른 큰아버지는 선산의 맨 끄트머리 자리를 얻을 수 있었다. 나는 그때 처음으로 종갓집의 위력에 놀랐다.

"니 큰아버지 자리도 좋은 거라."

아버지는 손으로 잔디를 쓰다듬었다. 언제나 아버지는 다른 자리보다 그곳의 벌초를 더 신경 썼고, 나무를 심더라도 그곳에 한 그루를 더 심으려고 했다. 또 잔디 씨를 받아 놨다가 한식 날에 그 곳에 뿌려 놓기도 했다.

치잣빛 노을이 나른하게 식어 가도록 아버지와 단둘이 앉아 있어도 전혀 어렵지 않은 곳이 있다면 선산의 '아버지 자리'였다. 그 곳에 가면 아버지는 몇 번 창호지로 걸러 낸 잿물마냥 말간 얼굴이 되어 낯설면서도 푸근해졌던 것이다.

"이 일을 어예믄 좋노."

비바람이 수굿해지자 댓바람에 선불 맞은 사람처럼 씽씽 달려 나갔던 아버지가 한 시간도 채 못 돼서 돌아왔다.

"길이 그렇게 작살났는디 나락이고 뭐고 종 쳤지 싶다. 농고 앞도 다 못 갔는디 길이 없는 거라. 우시장은 물에 풍덩 잠겨서 호수가 되어 버렸고. 대동아 전쟁 때 폭격 맞은 것보다 더 하더라."

"그나저나 어머니가 저리 아픈데 병원에 안 가 봐도 될시껴?"

사실 며칠 전부터 어머니는 장딴지에 아기 주먹만 한 종기가 박혀 끙끙거리고 있었다. 그런데도 아버지는 계속 선산 걱정만 했었다.

"김을 붙였는데도 그렇드나?"

이 와중에 여편네 장딴지에 난 종기가 무슨 대수겠느냐는 표정이었다. 아버지는 우리가 종기가 났다 하면 으레껏 김이고, 배가 아프다고 하면 으레껏 회충약으로 처방을 했다. 김은 곪은 곳에 붙여놓으면 '이명래 고약*'만큼이나 신통하게 고름을 잘 빨아냈다. 그 반면에 배가 아플 때마다 아버지가 회충약으로 처방하는 데는 또 다른 이유가 있었다. 학교에서 채변 검사를 하면 몇 명을 빼고는 회충약을 먹어야 될 정도로 회충이 흔하기도 했지만, 아버지가 그런 실정을 알아서 그 약으로 처방을 내린 것은 아니었다. 그 약은 공짜였다. 장이 서면 떠돌이 약장수야 심심치 않게 찾아오지만, 가끔 한두 달씩 장기 체류 하는 약장수들이 있었다. 그들은 천막을 치고 노래며 연극까지 하면서 곡마단 못지않게 볼거리를 제공했다. 그런 쇼나 연극이 절정에 이를 무렵이면 꼭 막을 내리고는 한바탕 약을 팔곤 했다. 때때로 컴프리 농축액이나 인삼으로 둔갑한 백복령 따위가 만병통치약으로 나오기도 했지만, 어느 때고 빠지지 않고 나오는 것이 바로 회충약이었다. 그러나 회충약이든 만병통치약이든 그것을 팔아먹는 데 가장 효과적인 광고는 그들이 벌이는 노래잔치나 곡예가 아니고, 연극도 아니었다. 읍내 사람들이 알 만한 누구누구가 이 약을 먹고 어떻게 효과를 봤다더라, 하고 도장을 찍은 종잇장이 제일 좋은 광고였던 것이다. 그런 면에서 아버지는 오랫동안 읍내에서 제일 큰 시장의 쌀장수로 알려진 터여서 적임자였으니, 그 종이에 도장 한 번 찍어 주면 회충약을 몇 상자씩 공짜로 받을 수 있었던 것이다.

"많이 아프다드나? 할 수 없제. 니 약국에 가서 다이아찐 하나 달라고 해라. 많이 말고 딱 두 알이믄 될 기다."

* 이명래 고약 : 해방 이후부터 1970년대까지 널리 쓰이던 가정 상비약.

아버지가 선심 쓰듯 돈을 내밀었다. 어쩌면 선산 걱정 때문에 어머니의 종기 따윈 안전에 없었을 것이다.

그리고 며칠이 지나서 집안 어른들이 큰집에 모이게 됐다. 태풍 때문에 선산의 일부가 허물어지고, 잔디도 다 파헤쳐져서 벌건 흙이 드러난 게 흉한 몰골이었기 때문이다. 모두들 떼를 새로 입혀야 된다는 쪽으로 의견이 모아졌다. 그런데 문제는 아버지 입에서 나왔다. 이왕 하는 김에 비석까지 함께 세우자는 거였다. 그러나 비석 문제가 나오자 다들 입을 다물었다. 비석이란 게 아랫대 몇만 할 수 있는 것도 아니고, 윗대부터 비석을 세우자면 그 비용이 엄청날 터였다. 사람들은 입을 꾹 다물고 서로의 눈치만 보았다. 심지어 손가락이 아물리지 않도록 싯누런 금가락지를 몇 개씩 끼고, 새끼줄만 한 금 목걸이를 차고 앉아 그까짓 잔디 입히는 데 비용이 얼마나 든다고 이렇게 모여 앉아 회의까지 해야 되느냐며 큰소리를 뻥뻥 쳤던 당고모도 꿀 먹은 벙어리였다.

"돈도 돈이지마는 비석에는 사연이 있잖나."

체면이 엉망이라는 듯이 고개를 숙이고 있던 당고모가 마침내 돈 때문이 아니라 다른 문제가 있었다는 것이 생각난 듯 입을 열었다.

"글씨, 그거는 할매가 다 뽑아 냈다는 이야기 아이껴."

"그래, 그게 다 이유가 있잖나. 자슥들이 열댓 살만 먹으믄 무슨 일이 일어나서 하나씩 나자빠지니까 점바치한테 안 가봤더나. 그랬더니 비석을 잘못 세와서 그랬다 카더래. 근데 맹 여자들이 수선 떤다고 집안에서 아무도 들어주지 않은 거지. 그런데 또 한 명이 나자빠진 거라. 멀쩡하니 저녁 먹고 들어간 아가 아침에 시체가 돼서 나왔으니. 그래서 그 밤으로 그 할매가 산으로 달려가서 비석을 죄다 뽑아 버렸다 하더라꼬. 그란데 희한하게 그 뒤로 집안이 괜찮았다고 하니. 그래, 우리 대에 와서야 겨우 자손들이 퍼질라 카는데 새삼 비석을 세와서 말썽 낼 일은 없다는 거지."

"보소, 누님요. 정 그렇다믄 무당한테 물어서 해가 안 되게 하믄 되지요. 야들 보소. 벌써 할배 이상만 되믄 누구 산손지도 모르자니껴?"

아버지가 끔찍이도 싫어하던 무당 운운하면서까지 설득했건만, 어림없는 일이었다. 그래서 비석 문제는 아버지의 가슴에 그대로 묻히게 되었다. 그런데 정작 아버지를 당황하게 만든 것은 다른 데 있었다.

둘째 아들 영빈이가 따박따박 걸어다닐 무렵 겨울, 큰아버지가 돌아가셨다. 새벽 참에 마당에 비질을 하고 있는데 곡소리가 들려왔다. 나는 부지런히 시장으로 발을 옮겼다. 그러나 시장 가는 길에 있던 큰집의 열려진 대문 안에서, 벌써 와 계신 아버지를 보았다.

"이제 곡소리가 나서 시장 가던 참인데요."

"밤새 여그 있었다. 엊그제 보니까 형님 귓밥에 벌써 저승사자

도장이 찍혀 있드라마는."

아버지는 크르렁 큰기침을 하며 가래를 뱉어 냈다.

"그러니 제 명에 가신 기다. 그래도 죽음 복이 있으시니 다행이다."

"저승사자가 도장을 찍니껴?"

나는 생전 처음 듣는 말에 의아했다.

"저승사자가 점찍어 둔 사람은 며칠 내로 델코 가는데, 귓밥이 조금 말려 올라가 있는 기지. 그렇게 해야 저승사자도 엉뚱한 사람 안 데리고 가는 기다."

나는 고개를 갸웃했다. 엊그제 문병 가서도 뵈었는데 아무런 변화를 느끼지 못했었다.

"며칠 장으로 할 긴지 얘기는 됐니껴?"

"며칠 장은, 오일장이제. 그리고 영채 어멈은 아침 짓지 말고 이리 건너오라고 일러라. 건너오기 전에 콩나물에 물 듬뿍 주는 거 잊지 말고. 그리고 누구 하나를 종산에 보내서 사람 좀 오라 카고. 내가 어제사 상복 준비 하라고 했으이 아직 들 되었거든 이리 가져와서 하라 카고."

"갑자기 돌아가싰는데 상복요?"

"내 민석이가 서운해할까 봐 가만히 하라 캤으니 조금이라도 해 놨을 기다."

"가겟문은 어떻게 할까요?"

나는 아버지 눈치를 보며 조심스럽게 물었다.

"닫아야지, 할 수 있나. 참 제일 식당하고 장터 식당은 새벽 참에 미리 한 가마씩 배달해 놓거라. 콩나물도 이미 안쳤으니 물은 꼬박꼬박 주고 우리 몫은 남천 상회에 넘기고."

아버지는 쩝 입맛을 다셨다. 좀체로 가겟문을 닫는 법이 없었다. 심지어 명절날도 가겟문을 닫지 않고, 오히려 그동안에 팔지도 않던 정종까지 근처의 도매점에서 떼다가 팔던 양반이었다.

날이 밝자 마당에 천막이 쳐지고, 우선 급한 대로 상주만 상복을 입었다. 그래도 아버지가 미리 본 저승사자 도장 때문에 굴건*에 감발*까지 일습*으로 갖출 수 있었다. 그것은 하나씩 모여든 문상객들을 상대로 아버지의 어른 됨을 한껏 이야기할 수 있는 거리가 되었다. 그러나 그 흐뭇함은 오래가지 못했다.

3일째 되는 날 묏자리를 미리 파 놔야 되지 않겠냐는 이야기가 나왔다. 날씨가 좀 푹해졌을 때 미리 손을 봐 놔야 일을 보기가 쉽다는 이야기였다.

"그래, 좋은 생각이다. 형님이 묻힐 자리가 앞에 나무가 있어 응달이 좀 오래가니까 미리 손을 써 놓을 필요가 있지."

"아버지는 그 자리를 안 쓰시겠다고 했니더. 의뭉*하게 내리앉

* 굴건 : 상주가 상복을 입을 때 두건 위에 덧쓰는 건.
* 감발 : 발감개.
* 일습 : 옷, 그릇, 기구 따위의 한 벌.
* 의뭉 : 겉으로는 어리석은 것처럼 보이면서 속으로는 엉큼함.

은 자린 데다가 응달이 져서 그 아랫자리에 눕겠다고 하셨는데요."

순간 아버지의 눈이 커다랗게 벌어졌다가 이내 찡그리면서 엉덩이가 들썩였다. 순간 나는 가슴이 졸아드는 듯한 통증이 일었다.

"그래도 그 자리가 썩 나쁜 자리는 아인데. 또 형님이 쓰시겠다는 자리가 그야말로 금계포란*할 자리라믄 내가 나서서라도 그 자리에 누우시라고 하겠지마는, 니도 알다시피 우리 선산이 이제 밑자락까지 다 와가는디 형님이 거기 눕겠다므는 밑 대들에게 미안치 않겠나."

목소리를 최대한으로 낮춘 아버지를 바라보는 내 가슴은 조마조마했다.

"그래도 어예니껴. 늘 그 아랫자리에 눕겠다고 지한테 말씀하싰거든요."

순간 아주 어색한 침묵이 흘렀다. 그 침묵 속에서 아버지의 콧구멍만 연신 벌렁거렸다. 굴건 쓴 아버지의 머리가 오르락내리락 했지만 벌떡 일어서 나가지는 않았다. 차라리 크르렁 큰기침을 한 번 하시고는 그 자리를 비우면, 내 마음이 편할 것 같았다. 그러나 아버지는 이렇다 저렇다 말이 없었다. 질끈 감긴 두 눈도 두터운 침묵만큼이나 무거워 보였다.

향내가, 향내가 내 정신을 아득하게 했다.

* 금계포란(金鷄抱卵) : 금닭이 알을 품은 형국이란 뜻으로 풍수지리적으로 부귀하고 건강한 자손을 낳을 만한 명당을 일컬음.

"크르렁."

아버지가 무거운 침묵을 털어 내며 끙 하고 일어서서 나가셨다. 나가시는 아버지의 등허리가 유난히 굽어 보였다. 그리고 어깨 한 쪽이 기우뚱거리며 미세한 떨림이 있었던가.

소

아버지가 종산에 있는 선산 다음으로 애착을 갖는 것이 있다면 그것은 아마 소일 것이다. 아버지가 맨 처음 소에 대해 관심을 갖게 된 것은 아주 사소한 일 때문이었다. 내가 고등학교 다닐 때 일이었다.

"아재요, 나 이제 아재 땅 못 하겠니더. 나도 객지에 나가서 다른 일을 찾아야겠니더. 이건 백날 뼈 빠지게 일해도 남의 똥구멍 쫓아가기 바쁘고, 그나마 소 같은 여펀네라도 있었으니까 여태까지 버텨 왔지만도 더는 못 하겠니더."

어차피 육촌인 달석이 형님은 객지로 나갈 사람이 아니었다. 이미 남의 논까지 수십 마지기 부쳐먹고 있는 데다 억척스러운 형수가 '형님은 객지 바람 쐬면 안 될 위인'이라는 무당의 말을 꽉 믿고 있기 때문이었다. 육촌 형님의 이런 위협은 장날마다 벌어지는 습관적인 것이었다. 하지만 이번만은 달랐다. 아버지는 아무 말도 않고 듣고만 있더니, "니, 소 한번 잘 키워 볼라나?" 하셨다. 육촌 형님의 눈이 동그래졌다. 아버지가 누군가. 노랑이로 말하면 읍내에서 둘째 가라면 서러워할 양반이고, 성질 고약하기로 하면 염라대왕도 치켜뜬 눈꼬리를 내릴 판이 아니던가. 그나마 형님이 한 번씩 푸념 삼아 싫은 소리 할 수 있는 것도 아버지가 유난히 종산에 애착을 가지고 있다는 걸 알기 때문이었다. 형님은 이마가 땅에 닿도록 넙죽 절을 했다.

"누구 소라고 함부로 키우겠니껴."

"소 잘못 사믄 큰 소가 송아지 된다 캤다. 그러니 천천히 알아보자."

그날 이후로 아버지는 장날이면 우시장을 꼭 들렀다 오곤 했다. 그러나 좀체로 소를 살 생각은 않고, 남이 흥정하는 것만 바라보다 왔다. 심지어는 일부러 용궁 마방에 가서 자고 오기도 했다. '마방에 가면 사돈집보다 낫다'는 옛말도 있다지만 그야 소를 몰고 갔을 때나 마방에서 자는 법인데, 아버지는 구태여 마방에서 자고 오는 것도 마다하지 않았다. 속이 타는 것은 형님이었다. 당장 소가 생길 줄 알고 감읍, 감읍하고 돌아갔지만 아버지는 장이 열댓 번이 더 서도록 소는커녕 소 이야기도 뻥긋하지 않았다.

"아재요, 풍천 구담 장 소가 좋다는데요."

부지깽이까지 빌리고 싶다는 농사철에도 몇 번씩 나와 눈치를 보던 형님이 드디어 운을 뗐다. 그러나 아버지는 느긋하게 장죽을

댓돌에 탁탁 떨어냈다.

"거야 보리재 때나 좋지. 쇠전꾼들이 어떤 놈들이더노. 호명 아지매 못 봤나, 지난번에 뜬 소를 사 갖고는 할 수 없이 칼판으로 보냈다더라. 이왕 날이 이렇게 된 거 백중*장 때 보자."

순간 형님의 눈에 실망의 빛이 스쳤다. 백중이면 예로부터 호미 씻고 한숨 돌리던, 농사일에서 힘든 고비가 넘어간 때가 아니던가.

"대신에 니가 그놈을 잘만 키와 주믄 그 새끼를 너 주마."

형님의 눈에 다시 커다랗게 반가움이 고였다. 말하자면 '배내*'를 하자는 것이었다. 한 2~3년은 죽어라고 시중들 일만 남았지만, 이렇게라도 하지 않으면 생전에 소 한 마리 장만하지 못할 형편이지 않은가.

"같이 갈래?"

머리가 벗어지도록 해가 쨍쨍하던 날, 아버지는 벙거지를 눌러 쓰며 내게 물었다. 마침 용궁 장이 서는 날이었다. 나는 마지못해 마당 한켠에 세워 둔 자전거 두 대를 꺼냈다.

"쇠전은 왜 이리 늦게 서니껴?"

* 백중 : 음력 7월 15일로 이때쯤 과일과 채소가 많이 나와 100가지 곡식의 씨앗을 갖추어 놓은 데서 유래하여 부처를 공양하는 날로 고려 시대까지 큰 명절을 삼았었다.
* 배내 : 남의 가축을 길러서 가축이 다 자라거나 새끼를 낸 뒤 주인과 나누어 가지는 제도.

"그야 촌에서 소 몰고 나와야 되니까 그렇지. 저 두 사람을 잘 봐라. 소 장수가 홍정하는 것 같지만 둘이 부자지간이다."

"아는 사람이껴?"

"알긴. 몇 번 드나들믄서 그냥 알게 됐지. 그리고 이렇게 천골이 삐죽 위로 뻗친 소는 좋은 소가 아이다. 이 소는 봐라, 엉덩이 폭이 형편없구마는. 이놈은 넙적다리가 틀렸다. 힘을 못 쓰지. 쯧쯧. 이런 발굽으로 어째 일을 하겠노."

아버지는 내가 깜짝 놀랄 정도로 아는 것이 많았다. 과연 '백중 때 우시장은 말목을 맬 데가 없다'는 옛말이 그르지 않아서 말목 하나에 서너 마리씩이 매여 있는 것은 물론이고 말목 없이 주인 손에 잡혀 있는 소도 있었다. 그런 소들 사이를 여유롭게 다니며 소들을 음미하는 아버지의 눈길은 예리하고 확신에 차 있었다.

"아버진 어떤 소가 맘에 드니껴?"

"맘에 들기사 저기 결레로 나온 놈이 좋지. 엉덩이도 펑퍼짐한 게 일 잘하겠다마는."

아버지는 어미와 새끼가 나란히 나온 결레 소를 보면서 쩝 입맛을 다시고는 남들이 홍정하는 것만 어깨너머로 살폈다.

"아버지요, 소는 안 사니껴?"

"기다려 봐라. 어차피 백중장인데 파장 때 가믄 값이 좀 헐해지겠지."

"송아지들은 벌써 홍정이 다 끝나가는데요."

"벌써 다 매겨 놓았으니까 걱정 말거라."

아버지는 느긋했다. 벌써 맘에 드는 소를 점찍어 놓고 중개인에게 말을 넣어 놓은 모양이었다. 소를 미리 매겨 놓으면 대체로 다른 사람과는 흥정이 이루어지지 않는다고 했다. 몇 장씩 우시장에서 살고, 일부러 마방에서까지 잔 일이 허사는 아니었다. 나는 소들이 싸 대는 배설물 냄새와 거기에 들끓는 파리와 머리 위에서 아직까지 이글거리는 해 때문에 지치기 시작했다. 또한 여기저기서 울어 대는 소 울음소리에 귀가 멍멍할 지경이었다.

"어, 그놈 젖통 큰 거 보니까 새끼 뱄는갑다."

"어따, 그놈 튼실허니 우리 집 여편네 육덕보다 더 푸짐하네그랴."

아버지는 흥정꾼들 틈에 끼여서 한마디씩 거들기까지 하며 세월아 네월아 시간 가는 줄 모르고 소를 사러 온 사실조차 까맣게 잊은 듯 보였다.

우리는 한쪽 그늘에 앉아서 다리쉼을 하고는, 해가 설핏해졌을 무렵에야 이제 겨우 코뚜레를 뀔 만한 송아지 한 마리를 샀다. 우리는 채꾼*을 하나 사서 송아지를 맡기고는 자전거를 타고 집으로 돌아왔다. 집에 돌아오니 벌써 육촌 형님이 가겟방 마루에 엉덩이를 반쯤 걸치고 앉아 있다가 우리를 반갑게 맞았다.

그날 이후로 아버지의 종산 출입은 더 잦아졌다. 그러나 이내

* 채꾼 : 소를 모는 아이.

닥친 추수기와 추석 때문에 종산 생각은 할 겨를도 없었다. 아버지는 종산에 자주 가지 못하는 대신에 어쩌다가 장에 나오는 형님 편에 콩 한 됫박씩 들려 보내기도 했다.

그러다 짬을 내어 정월 소달깃날*에 손수 소에게 먹일 밥과 떡을 들고 종산에 갔다. 원래 소달깃날에는 소에게 방아도 매지 못하게 하고 음식을 잘 차려 준다고 했다. 그런데 종산에 갔다 온 아버지의 표정이 심상치 않았다.

"달석이 이눔우 자슥을 공연시리 믿었나."

장죽을 입에 물고 혼잣말을 뇌기도 하고, "우리가 언제 소를 샀더노?" 하며 다 아는 일을 물어보기도 했다.

"멕이기사 잘 멕였다마는…… 아무래도 길을 잘못 들인 것 같은데……."

아버지의 걱정은 머지않아 현실로 나타났다. 다음 해 이른 봄, 형님이 코가 석 자쯤 빠져 잔뜩 풀이 죽은 모습으로 가게에 나왔다.

"쟁기를 맬라 캤더니마는…… 아직 논도 못 갈고 이래 있니더."

아닌 게 아니라 형님은 다리 한쪽을 절룩이고 있었다. 아버지는 장죽을 빼끔거리며 연신 콧구멍을 벌름거렸다. 그러더니 물고 있던 장죽으로 형님의 굽은 등허리를 냅다 내리쳤다. 그 바람에 형님은 "아, 뜨거" 하며 팔짝팔짝 뛰고, 또 무슨 일인가 싶어 시장 사

*소달깃날 : 음력 정월의 첫 축일(丑日)을 이르는 말.

람들의 얼굴이 가게 밖에서 쭈뼛거렸다.

"아재요, 잘못했니더."

"이놈의 자슥. 그래 내가 니한테 그리 정성을 들였건마는 뜨는 소를 맹글어 놔? 그 정성을 지나가는 거지한테 들였으믄, 어이구 할배요 할 기다. 그래, 이제 그 뜨는 소를 우옐래. 사돈 장인 이 읍내 장에 내겠나, 칼판에 보내겠나. 소 대신 칠성판에 누울 놈아, 이놈아. 내 화투로 시간 보내지 말고 시간 날 때마다 소 길들이라고 몇 번을 일러 놨노."

아버지의 쉿소리가 시장 바닥에 쩌렁쩌렁 울렸다.

"영걸이 아버지가 밤을 한 되 삶아 멕이라고 하던데……."

그새 어디서 잽싸게 듣고 왔는지 죄인처럼 구부려 앉은 형님 곁으로 쭈뼛거리며 어머니가 다가왔다.

"실은 저도 어디서 그런 소릴 들어서 물어볼라꼬……."

형님은 어머니의 소리에 반가운 기색을 감추지 않으며 아버지 눈치를 보았다. 그러나 나는 아버지의 눈에서 번쩍 튀는 불꽃을 보았다.

"어떤 시러베아들놈이 남의 소 병신 만들라고 그런 소릴 해. 그래, 니 잘났다. 비싼 밤 삶아 멕이고 멍청한 소 맹글어서 농사 잘 지 봐라. 몇 달을 별러 장을 다 돌아서 순한 소를 사 놨더니. 당장 그 소 끌고 나와. 정 안 되믄 새끼고 뭐고 없는 줄 알아, 이놈아."

"그, 그란데 그 소를 어찌 끌고……."

"막걸리 서너 병 멕여서 데리오믄 되지, 소 키우는 놈이 여태 그것도 모리나?"

그날부터 아버지는 하루에 몇 차례씩 소를 끌고 천변에 나갔다. 아버지 손에는 장죽 대신 물푸레나무로 만든 채찍이 들려 있곤 했다. 어느 땐 소의 고집에 아버지도 헉헉대며 힘들어하기도 했다. 그때마다 우리 형제는 아버지의 눈에서 번득이는 집념을 놓치지 않았다.

동네 사람들은 새로운 구경거리가 생겼다며 해가 설핏해질 무렵이면 천변에 나와서 구경도 하고 한 수 훈수를 두기도 했다. 그러나 무엇보다 소 때문에 바빠진 것은 우리 가족이었다. 누구도 소를 몰고 나가서 꼴을 먹일 엄두를 내지 못했으므로 학교가 끝나는 대로 풀을 베어 와야 했다. 또한 어머니는 새벽부터 일어나 쇠죽을 끓여야 했다.

그런데 지친 것은 우리 가족이 아니었다. 소였다. 집에 온 지 한 달이 지난 즈음, 갑자기 소가 벌벌 떨면서 일어나려 하질 않았다. 집안이 발칵 뒤집혔다. 우리 모두는 아버지 부음을 듣는 것보다 더 참담한 기분으로 드러누운 소를 바라보았다. 아버지는 눈이 뒤집어져 한바탕 소리를 질러 댔다. 그러더니 이내 늙수그레한 영감쟁이를 하나 데리고 왔다. 이메쟁이*라는 그 노인은 소를 한번 훑어보고 이것저것을 물어보더니 황달이라고 했다. 그러고는 소를

* 이메쟁이 : 봄, 가을로 나락 얼마씩을 받고 소를 돌보는 사람.

움직이지 못하게 묶어 놓고는 칼처럼 예리하게 생긴 것으로 소 등을 찌르고 콧등 양쪽에 침을 놓았다. 그러자 붉은 피가 위로 솟아오르고 소는 그 큰 눈망울을 끔벅이며 음매음매 울어 댔다. 소는 신통하게 나았다.

아버지의 집념은 대단했다. 성질이 사나웠던 소는 아버지의 손에서 두어 달 만에 얌전해졌다. 아버지는 장날에 나온 형님의 손에 고삐를 넘겨주면서 의기양양한 웃음을 감추지 않았다.

그러나 그 이후로도 소에 대한 아버지의 잔소리는 끊임없이 이어졌다. 그러나 정작 형님과의 마찰이 일어난 것은 소가 새끼를 낳고 나서부터였다.

다행히 소는 수송아지를 순산했는데, 아버지는 그때도 산기가 있을 무렵부터 종산에서 이틀 밤씩이나 자는 열성을 보였다. 아버지는 술이 거나하게 취해서 시장 바닥을 돌며 춤을 추고 노래를 불러 대며 축하를 아끼지 않았다. 공짜술 좋아하는 나무장수 이씨는 아버지보다 더 취해서 아버지와 얼싸안고 형님 아우 하며 말을 트기도 했다. 심지어 잘못 팔면 한 가마니에 두세 되나 차이가 진다며 아무도 손을 못 대게 했던 됫박 쌀을 내가 팔게 내버려 두기도 했다. 그러나 축제는 오래가지 않았다.

"지 거라고, 송아지만 윤이 반들반들한 게……. 어예든지 이눔을 가만두지 않을 기다."

그러더니 송아지가 아직 젖도 떼지 않았는데, 어미 소를 데리고 와 버렸다. 원래 약속대로라면 어미 소가 한 배 더 낳을 때까지 육촌 형님이 키워야 했다.

그날 우리 가족은, 아니 온 동네는 잠을 설쳤다. 새끼를 떼 놓고 온 소는 여물도 먹지 않고 눈물까지 흘리며 밤새도록 처량하게 울어 댔다. 그렇게 온 동네가 소 울음소리로 밤을 지새운 지 이틀째 되는 날 아침, 아버지는 무슨 결심이 섰는지 어둠이 가시기 무섭게 자전거를 타고 종산으로 들어갔다. 그리고 내가 송아지를 본 것은 학교를 파하고 나서였다. 아니, 그보다 술이 머리꼭지까지 올라 횡설수설해 대는 육촌 형님을 먼저 보았다. 나는 골목을 돌아 대문으로 집에 들어섰다. 거기서, 바로 거기서 그렇게 애달프게 울어 대던 소가 태평한 얼굴로 새끼를 핥아 주고 있는 것을 보았다. 점 하나 박히지 않은 황금빛의 송아지는 순하디 순한 눈망울로 나를 바라보았다.

그날 아버지는 들어오지 않았다. 일부러 형님과 대면하지 않으려고 자리를 피했을 것이다. 대신 형님이 가겟방에서 새우잠을 잤다. 그러고는 누구보다 먼저 일어나서 가게 문을 열고 마당을 쓸고, 쇠죽을 끓였다.

그날 저녁도 형님은 우리 집 가겟방에서 잤다. 술 대신 쌀밥을 고봉으로 먹으며 쇠똥도 치고, 쌀가마도 날랐다. 아버지는 여전히 감감무소식이었다.

"봐라, 이놈의 자슥아. 니가 1주일만 정성으로 돌봐도 벌써 표가 나는데. 나를 속일 사람은 아무도 없다. 니, 그때 뜨는 소 맹글어 놨을 때도 내가 날마다 천변에 나가 을매나 애를 썼는지 아나? 그때 니 아지매가 병이 다 났지만도 난 끄떡없었다. 왜 그란지 아나? 오기다. 내가 그 소 하나 살라고 몇 달씩 쇠전 들락거리며 남의 흰소리 다 받아 가믄서 배운 기 아깝고, 오기가 나서 도저히 그냥 지나갈 수 없었던 거라. 근데, 가만히 앉아서 받기만 한 니는 소한테 뭘 했노. 이런 식으로 하믄 약속이고 뭐고 없다. 둘 다 팔아 뿌릴 기다. 송아지야 수놈이니까 값도 수월치 않을 기고, 나야 아직은 손해 볼 거 없다."

1주일 만에 아버지는 아침에 장에 나갔다 들어오는 사람처럼 심상한 얼굴로 돌아왔다. 그러고는 빈 보릿자루처럼 넙죽 엎디어 있는 형님에게 일장 연설을 했다.

그리고 몇 년 뒤, 내가 군에 있을 때 아버지는 어미 소와 또다시 태어난 송아지를 나란히 켤레 소로 읍내 우시장에 내놓았다는 편지를 받아 보았다.

둘째는 청어를 먹는다

"비 오는데 방구석에 처백혀서 뭐 하노. 들일 것은 들이고 그렇지 않은 것은 비닐로 덮어야지."

텃밭에 나갔다가 비에 쫓겨 뛰어 들어온 아버지의 음성이 마른 대나무처럼 갈라졌다. 마침 샘가에서 걸레를 빨다가 돌아온 어머니는 걸레 그릇을 던지듯 놓고는 창고에 있는 비닐을 찾으러 갔다. 옆집 건어물 가게 김 씨는 어느새 비닐로 내놓은 물건을 덮어 놓았고, 예성이네 그릇 가게는 부부가 큰 비닐을 마주 잡고 밖에 펼쳐 놓은 그릇들을 덮고 있는 중이었다. 갑자기 쏟아진 소나기라 모두들 콩 튀듯 이리저리 할 일을 찾아 뛰었다.

"비닐 찾는 데 한나절 걸리나. 남들은 벌써 다 덮고 낮잠 한숨 잘라 그러는데."

"아지매요, 야채는 비를 맞으니까 더 싱싱해지는데 천천히 덮으소."

우스갯소리 잘하는 건어물 집 김 씨 아저씨가 느긋하게 수건으로 머리를 닦고 있는 아버지를 향해 들으라는 듯이 참견해 왔다.

"왜, 북어를 비 좀 맞혀 보지. 살아서 바다로 나갈라고 할 기다."

젖은 머리를 다 닦았는지 장죽에 담배를 재워 손으로 꾹꾹 누르며 아버지가 대꾸했다.

"근데, 우석이 이놈의 자슥은 집구석에 처백혀서 뭐 하는데 이렇게 코빼기도 안 내미노. 봐라, 니 우석이 좀 나오라고 해라."

"무슨 할 일이 있니꺼? 요즘 우석이가 바쁜 모양이시더."

"지놈이 바쁠 일이 뭐가 있노. 방학 때라도 일 좀 도와야지 혼자 편한 밥 먹으믄 쓰나."

"지금 집에 없을 깁니더. 아침에 가방 싸서 도서관에 가는 거 봤는데요."

순간 아버지의 표정이 일그러졌다. 그러더니 아주 잠깐 아버지의 콧구멍이 벌름거리는 걸 나는 놓치지 않았다. 이내 아버지의 기침 소리가 크르렁 가게 안을 울렸다. 그러나 왠지 내 속에선 야릇한 쾌감이 치밀고 올라왔다.

아버지는 대학이라는 데를 도통 마땅치 않게 여겼다. 아버지에게 대학이란 아무짝에도 쓸모없는 것이라고 믿게 만든 사람은 양조장 집 아들이었다. 지방의 모 대학에 들어갔는데, 소문으로는 국회의원 누구누구의 손을 빌렸으며 그 입김 한번 쐬는 데 몇십만 원이 들었다는 둥 말이 많았었다. 그러더니 결국 그 알량한 졸업

장을 따고, 자기 집 술 배달을 하고 있는 사람이었다.

그날 저녁, 아버지는 밥상 앞에서 목소리를 낮게 깔았다.

"서울에 가믄 우리 집안사람 중에 나하고 같은 항렬인 현 자 돌림 사람이 있는데, 무슨 차관인지 한다더라. 지난번 큰대문 집 한석이도 그 사람 찾아가서 부탁했는데, 좋은 데 취직했다더라. 우석이 니도 이번 방학 때 그 어른 한번 찾아가 보거라."

"생전 얼굴도 한 번 못 본 사람인데 다짜고짜 우리 집안이니 봐 달라고 하믄 되는 줄 아니껴. 나 같은 사람은 그 사람 얼굴도 보기 전에 문에서부터 쫓겨나니더."

"큰대문 집 아도 그 사람 만났는데 너라고 못 만날 일이 뭐 있노."

"글쎄, 공부해서 내가 취직할 긴데 뭐 할라고 사돈의 팔촌뻘도 아닌 사람을 찾아가서 사정하니껴."

"뭐라고? 이눔아, 그럼 니 정말로 대학이라도 가겠다는 거라?"

"왜요, 나는 대학 가면 안 되니껴?"

둘째는 달랐다. 둘째는 허리를 쭉 펴고 느긋하게 젓가락을 이리저리 옮기며 반찬을 집는가 하면 아버지가 좋아해서 다른 사람들은 감히 젓가락을 함부로 댈 수 없는, 그 가시 많은 청어를 뜯고 있었다.

"우당쾅쾅."

급기야 상이 엎어졌다. 어쩌면 아버지가 목소리를 낮게 깔 때부터 이런 사태를 예견할 수 있었기에 조마조마했는지도 모른다.

"형수요, 여기 숭늉이나 주소. 아무리 먹다 만 밥이지만 끝마무리는 해야지요."

"이놈의 자슥."

아버지가 둘째의 멱살을 잡고 일으켜 세웠다. 그러나 둘째는 빙긋 웃으며 아버지의 손을 뜯어냈다. 아버지는 그러는 둘째에게 주먹을 날렸다. 그러나 그보다 더 먼저 둘째의 몸이 살짝 뒤로 물러서는 바람에 아버지는 주먹과 함께 몸이 반 바퀴 빙그르르 돌았다.

"주먹으로 대결할라믄 내 주먹도 만만치 않을 기시더. 형님을 아버지 뜻대로 저렇게 망쳐 놨으믄 그것으로 됐지, 나까지 아버지 뜻대로 살라고 하지 마이소. 보소, 누나도 대학에 가고 싶었는데, 저렇게 제사 공장에 다니믄서 돈 몇 푼 벌어 오니까 좋니껴?"

둘째는 마침 들어온 숭늉을 벌컥벌컥 들이켜더니 성큼성큼 나가 버렸다.

이상했다. 아버지는 더 이상 둘째에게 이렇다 저렇다 말이 없었다.

그날 이후로 둘째는 쌀 배달을 하지 않았다. 새벽이면 나갔다가 저녁 늦게 들어왔으니 아버지와 부딪칠 일도 없었지만, 아버지 또한 아무리 바빠도 둘째는 찾지 않았다.

둘째는 그해, 대구에 있는 대학에 들어갔다. 그러나 문제는 거기서 그치지 않았다. 방학 때 집에 돌아오면 꼭 대학에 들어가야 한다며 동생들을 들뜨게 만들었다. 둘째는 투사였다. 그는 사사건건 아버지와 충돌했다.

“한 달에 한두 번은 쉬어야 되자니껴. 몸이 쇳덩이로 되어 있는 기계도 쉬믄서 돌리니더.”

“쉬믄 누가 돈을 거저 주나. 먹물 조금 들어갔다고 이래라저래라 흰소리하지 마라.”

“그럼, 아버지는 매일 장사하시고 형님네는 한 달에 두 번씩은 휴가라도 주이소.”

“이놈이 지금 무슨 귀신 씻나락 까먹는 소리 하고 있노?”

“귀신 씻나락 까먹는 소리가 아이라, 영채도 점점 커 가고 있는데, 아버지라는 사람이 맨날 할배한테 야단이나 맞고 외갓집이 어떻게 생겼는지도 모르면 되니껴.”

“우당탕탕.”

예상했던 대로 둥굴대가 나가떨어지고, 아버지의 콧구멍이 벌렁거리기 시작했다. 그러나 둘째는 그런 아버지의 태도에 동요하지 않았다. 나는 공연히 내 이야기가 둘째의 입에서 나오는 게 민망스럽고 어색해서 슬그머니 자리를 피하고 말았다.

“형님요, 술 한잔 하시더.”

“대낮부터 무슨 술. 아버지 아시면 혼날라꼬.”

나는 ‘아버지 아시면……’이란 말이 습관처럼 따라붙는 내 말투에 공연히 비감한 기분이 되어 얼굴을 돌렸다. 그러나 둘째는 성큼성큼 앞서 걷더니 굴다리 집 미닫이문을 열었다. 나는 뒤쫓아 가며 하필 아버지 눈에 띄기 쉬운 굴다리 집이냐며 말리려다 동생 뒤를 따라 어깨를 웅크리며 그냥 들어가고 말았다.

술이 나오기까지 멀뚱멀뚱 앉아 있는데 동생이 느닷없이 "형님요, 미안하니더. 주제넘게 형님 이야기를 해서" 그러면서 동생은 또 씨익 웃었다.

"형님, 형님도 이제 아버지한테 무조건 예, 예 하지 마이소. 형님은 너무 대가 고와서 탈이니더. 어머니한테 얘기 들으니까, 서울에 있는 아재가 같이 일하자고 연락했었다믄서요?"

군에 갔다 와서 나는 대단한 결심을 했었다. 그래서 제대를 하고는 집으로 돌아가지 않고 무작정 서울로 갔다. 그때는 측량 기사를 하면 돈을 번다는 소문이 떠돌던 때였다. 나는 측량 학원에 다니면서 청계천 당숙네 옷 공장에서 일을 하고 있었다. 그러나 불안 반 기쁨 반으로 석 달쯤 지났을 무렵 난 어렵사리 시도한 나의 비행을 아버지의 벌름거리는 콧구멍에다 추락시키고 말았었다. 그렇게 석 달 만에 코가 꿰어서 왔었는데, 느닷없이 당숙이 시골 싸전에 있느니 자기 공장에서 일을 하다가 청계천에 가게를 내라고 연락을 했었다. 영채가 아장아장 걸을 무렵이었다.

"그게 형님이 분가해 나갈 수 있는 절호의 기회였니더."

"……."

"그래도 방법은 있니더. 어차피 여기까지 온 것, 이제 형님의 방

식으로 서서히 바꿔 보소. 놀 때 놀고. 솔직히 아버지 돌아가시믄 그게 다 형님 거자니껴."

"난 아직 멀었어. 아버진 천부적인 장사꾼이잖나. 그 뒤를 따라갈라믄 한참을 더 헉헉거리며 쫓아가도 힘들 거라."

동생은 암담한 눈길로 나를 한참 바라보더니 양은 주발에 담긴 술을 꿀꺽 삼키고는 인상을 한껏 찡그려 두부를 집어 먹었다.

"난 포기했다."

잠시 동생의 눈빛에 경멸이 스치고 지나갔던가.

"형님이 포기하믄 형수는 뭐니껴."

"좀 더 솔직히 말하믄 아버지를 뛰어넘을 수가 없다. 천부적인 장사꾼 기질과 밀어붙이는 힘, 거기다가 완력까지."

"요즘 사람들은 아버지처럼 군림하는 상인을 요구하지 않니더. 물건이 좀 안 좋더라도 싹싹하고 친절하고, 알랑방귀도 좀 뀌고 그래야 좋다 카지. 형님한테도 장사를 잘할 수 있는 충분한 소질이 있니더."

"흐응, 내가 대가 약한 건 사실이지만도 알랑방귀 뀌면서 살랑대는 짓은 또 못 하잖나."

대낮부터 마시는 술이어서인지, 술맛이 밍밍했다. 동생의 넓은 어깨가 푸푸거리며 오르락내리락하는 걸로 보아서 내 태도가 맘에 들지 않는다는 것을 알고 있었지만, 나 또한 동생이 내게 요구하는 것이 그리 달가운 것은 아니었다.

굴다리 집을 나올 때는 저녁 해가 설핏해 있었다. 나는 무의식적으로 싸전 쪽을 건너다보았다. 다행이었다. 아버지는 나와 계시지 않았다. 이제 서서히 장이 붐빌 시간이었다. 나는 서둘러 발을 옮기려다 말고 두 손을 모아 그 안에 입김을 불어 다시 냄새를 맡아 보았다. 술내가 훅 풍겨 왔다. 동생이 가게 안으로 성큼성큼 들어가는 것을 보고 나는 옆집 건어물 가게로 들어갔다. 그러다 문득 우리 가게가 조용하다는 걸 깨달았다. 그 낯선 고요는, 동생을 들여보내고 나 혼자 아버지의 등굴대 세례를 피하자고 건어물 집으로 왔다는 쓴 치욕감으로 몸서리를 치게 만들었다. 나는 우리 집으로 들어가는 손님을 핑계로 슬며시 가게로 들어갔다. 나는 동생이 앉아 있는 쪽마루 뒤에 음침하게 닫혀 있는 방에 슬며시 눈을 준 다음 손님에게 팥 한 홉을 잽싸게 담아 주었다.

"아버진 금방 나가셨니더."

순간 좀 전에 느꼈던 치욕감이 다시 치밀어올랐다.

"나 상관 말고 들어가. 어차피 내 일이다."

나는 선이 가는 어머니를 닮았다. 늘 겁이 들어 있는 동그란 눈과 여린 어깨선이 이미 주눅 들어 있는 내 인생을 말해 주고 있었다. 그러나 동생은 딱 벌어진 어깨며 남들보다 머리통 하나는 더 큰 키, 그리고 코끝이 약간 두루뭉술한 것까지 아버지와 똑같았다. 뿐인가, 평소에는 별로 모르겠다가도 한번 화를 내면 콧구멍을 벌름거리며 왁살스럽게 상대방을 밀어붙이는 힘까지 둘째는 영락없는 아버지였다. 또 장사 수완까지도.

아버지가 쌀 배달제를 도입했을 때는 둘째가 아마 초등학교 5, 6학년 때였을 것이다. 그때부터 둘째는 쌀을 배달했는데, 한 번 배달할 때마다 5원을 받았다. 그런데 그 5원 때문에 누구도 둘째보다 배달을 많이 하진 못했다. 그렇게 받은 돈을 둘째는 한 푼도 쓰지 않고 은행에 매일 저금을 했는데, 하루에 네댓 번씩 은행에 가는 날도 있었다. 그런데 일은 여기서 끝나지 않았다.

"니, 돈 을매나 모았노?"

어느 만큼 돈이 모일 때가 되면 아버진 귀신같이 아시고는 우리 형제들에게 꼭 이런 말을 했다. 그러고는 그 돈으로 콩을 한 말 사면 얼마의 이문을 남겨 준다고 했다. 그러나 형제 중 아무도 그 말을 믿지 않았다. 호랑이 같은 아버지 손에 들어가면 그것으로 끝장이라고 다들 싱글싱글 웃고 뒷걸음쳤었다. 그러나 둘째는 달랐다.

"정말이껴?"

단 그뿐이었다. 그러고는 은행으로 달려가 콩 한 말 값을 찾아와 장을 보러 가는 아버지 손에 쥐여 주었다. 그리고 가끔씩 콩을 팔고 난 이문을 챙겨서 또 은행으로 달려가고, 또 어느 날엔가는 콩을 한 가마씩 들이기도 했다. 그리고 이미 목돈이 된 돈을 어린 아이에겐 너무 큰돈이라며 내놓지 않으려는 아버지에게 끝까지 매달려서 받아 내고야 말았다. 그뿐이 아니었다. 둘째는 집 마당에 토끼를 사다 길러서 내다 팔기도 했는데, 돈을 버는 재주와 집

넘은 아버지가 두 손 들 정도였다.

그러던 동생이 그 통장을 처음으로 헌 것은 배달을 시작한 지 근 16, 7년 만의 일이었는데, 집안이 이미 기울기 시작할 무렵에 결혼하면서였다.

동생이 가겟방 쪽마루에 떡 버티고 앉아 있었으므로 나는 어디 마땅하게 앉을 곳이 없었다. 평소에 세 사람은 그럭저럭 앉을 수 있는 곳이었는데, 지금은 동생 하나만으로 이미 그 쪽마루는 꽉 차 버린 느낌이었다.

"형님 일에 참견해서 미안하니더."

나는 동생이 버리고 간 쪽마루에 앉아서 담배를 피웠다. 평소에 담배를 즐겨 하지 않는 편인데, 어느새 나는 두 개비째를 피우고 있었다.

야가 우리 맏이시더

"뭐이라고? 시를 쓴다꼬? 홍, 여기 배곯고 앉아 있을 놈이 또 한 놈 있구먼."

배반감이었다. 아니, 애써 예견하고 싶지 않았던 것일 뿐이었는지 몰랐다.

"야가 우리 맏이시더. 이게 벌써 세 번째시더. 지난번에는 이거보다 더 크게 나왔디만."

분명 아버지는 그렇게 말하시곤 했다. 모르긴 몰라도 며칠 동안 시골 장터 국밥 집에서도 그랬을 것이 분명했다.

난 지방 일간지에 가끔 시를 발표하곤 했다. 일간지 한 면에 있는 학생 문단 같은 작은 코너가 아니라, 어엿한 기성 시인들의 글도 가끔 실리는 문화 면에 나온 것이었다. 그러나 아버지가 그런 걸 알아서 자랑하는 것은 아니었다. 그저 아직 까까머리인 내 사진이 신문에 실렸다는 사실이 대견할 뿐이었다. 그래도 그것은 나에게 한 가닥 희망이었었다.

"「사씨남정기」 같은 그런 이야기를 맹글어 내는 일이라?"

"그런 건 아이고, 비슷해요."

"그럼 훌륭한 일인데 니 아버지는 왜 저러노."

그러나 어머니의 의견은 언제나 목젖에 걸려 있는 것이었다. 아버지에게 학교란 남의 잔치에 들고 가는 부조금이었다. 적당히 이웃과 형평 되게, 흉잡히지 않을 만큼만 하면 되는 것이지, 공부 더 한다고 인생에, 좀 더 엄밀히 말하면 아버지의 쌀장사에 도움이 되는 것도 아니었다. 중뿔나게 대학까지 다녀도 더 나은 인생이 되지 않는다는 게 아버지의 소신이었다. 양조장 집 아들이 그랬고 시게전* 임 씨의 아들이 그랬다. 가난은 극복해야 할 대상이자 경멸의 대상이었다. 필시 가난한 사람은 다 그만한 이유가 있는 것이다. 게으르거나, 지나치게 요령이 없거나 쓸데없는 일에 코 빠뜨리고 다니거나. 시를 쓰는 일처럼.

펜대 잡고 책상 앞에 앉으려면 최소한 면 서기는 되어서 꼬박꼬박 월급이 나오는 자리라면 모를까, 시라니. 아버지는 한참 잘 나가는 아버지의 일을 이제 어엿한 어른이 된 장남이 맡아 주길 바랐다. 그래도 읍내 바닥에서는 처음으로 쌀을 배달해 주는 제도를 들여놨을 뿐만 아니고, 돌 고르는 기계까지 갖춘 꽤 현대적인 쌀집을 운영했다. 아직 서울이나 대도시에서조차 배달이란 것이 익

*시게전 : 시장에서 곡식을 파는 노점.

숙하지 않을 무렵이었다. 돌 고르는 기계는 또 어떻고. 조리질 잘 못해서 어른들 밥에서 돌이라도 나오면 며느리 엉덩이가 들썩거렸고, 고약한 시아버지 밥그릇이 봉당*으로 굴러 떨어지던 때였다. 그러나 누구도 감히 돌 고르는 기계 생각은 못 했었다. 대구에 가면 그런 게 있다더라 하는 소문조차 들릴락말락하던 때였다. 그런데 아버진 그것을 턱하니 트럭을 부려 싣고 왔었다.

"참말로 돌이 없디껴? 희한테이, 참말로 희한테이."

"조리질 못 하는 여펀네들 살판났구마는."

그러나 아버지의 자부심 뒤에 따르는 고통은 우리 형제들에게 분배되었다. 우리 형제들 모두 그 배달 일에 나서야만 했던 것이다. 온 읍내에 안락한 서비스를 제공한 아버지의 자랑스러운 배달제는 우리 형제들에게는 형틀이었다.

아버진 차츰 발을 넓히기 시작했는데, 그것이 바로 '차떼기'였다. 촌에서 직접 쌀을 사다가 태백이나 삼척에 쌀을 넘기는 일이었다. 그러나 그런 일로 만족할 아버지가 아니었다. 직접 차를 몰고 그 넓은 서울 바닥에 쌀을 풀어놓는 것이 아버지의 목표였다. 그 일은 생각처럼 쉽지 않았다. 그러므로 이제 어엿하게 고등학교를 졸업할 아들이 아버지를 거들어 주면 더 바랄 게 없었다. 사내대장부 둘이 부자지간이란 이름으로 어깨를 겯고 나가면 세상에

* 봉당 : 안방과 건넌방 사이의 마루를 놓을 자리에 마루를 놓지 아니하고 흙바닥 그대로 둔 곳.

안 풀릴 일이 무엇이겠냐는 투였다. 그런 아버지의 눈은 기대감으로 반짝반짝했는데, 난 그 눈빛이 먹이를 노리는 야생 짐승의 그것처럼 섬뜩해서 목을 움츠렸다.

"그동안 읍내 쌀금은 내 손에서 결정되었지만, 이제는 니 손에서 만들어져야 된다. 사나자슥이 전국을 상대로 장사해 보는 것도 괜찮은 법이다."

울퉁불퉁한 근육질이 뭉쳐 있는 아버지의 충고가 내 어깨를 내리눌렀다.

나는 아버지를 따라 촌으로 쌀을 사러 다녔다. 10리도 20리도, 그렇게 아버지와 자전거를 탔다. 자전거 바퀴 밑으로 스무 살 내 청춘도, 시도, 풀잎의 이슬도 스러져 갔다. 듬직한 부자지간이란 시선이 자전거 바퀴살을 따라 하얗게 부서졌다.

"야가 우리 맏이시더. 야는 시 나부랭이를 쓰고 신문에도 나고 했지만도 그게 어디 사나자슥이 할 일이디껴."

"암요, 내사 대통령도 안 부럽니더. 우리 집에 사나가 다섯인데요."

자전거 두 대를 나란히 장터 한쪽에 부리는 아버지의 손끝에는 푸른 힘이 보였다. 그러나 아버지의 의기양양함은 또 얼마나 허무맹랑한 것이었는지. 장사꾼으로 나는 한 번도 아버지를 만족시키지 못했다. 아버지는 시싯대를 한 번 넣었다 뺄 때마다 소복이 끌려 나오는 것이 쌀이 아니라 시들의 시체란 것을, 이제 갓 스물인

내 열망이 죽어 넘어진 시체란 걸 알지 못했다.

아버지의 손놀림은 유연했다. 시싯대를 놀리는 손이나 손바닥 위에 펼쳐진 나락이나 쌀을 한번 훑어보고 재빨리 쌀의 등급을 결정하는 것은 단호하고 정확했다. 또한 아버지는 가마니에 시싯대를 세 군데 이상은 넣었다 뺐다. 윗부분에만 좋은 쌀을 넣는 사람이 있다는 거였다. 실제로 어느 가마에서는 윗부분과 아랫부분에 다른 쌀이 들어 있기도 했다. 그러면 아버지의 눈빛은 금방 의기양양해지며 그 쌀을 반값으로 후려 냈다. 쌀을 사서 달구지에 실어 보내면 아버지는 국밥 집에서 핏국 한 사발 앞에 놓고 오래도록 막걸리를 마셨다. 술도 마시지 못하고 핏국 한 그릇에 밥 한술 뚝딱 말아 먹고 나면 난 무료했다. 난 시장 한 모퉁이에서 시집을 대여섯 번씩 읽어 보기도 했다. 하지만 그런 날은 언제나 돌아오는 발걸음에 허무감만 잔뜩 쌓여서 시집을 읽는 일을 그만두고 말았다. 그렇게 이룰 수 없는 짝사랑에 대한 애절함만으로 무겁게 자전거 페달을 밟고 돌아오던 어느 날, 문득 생각 한 줄기가 나를 스치고 지나갔다. 도망가는 거다.

나는 자원입대를 신청했다. 그리고 군에서 매달 얼마씩 나오는 돈을 착실히 모았다. 아마 내 평생을 통틀어도 이때처럼 악착을 부린 적은 한 번도 없을 것이다. 상사에게 구타를 당하면서도 난 건빵 한 봉지 내밀지 않았고, 휴가 가는 동료의 바지를 다려 주고 돈을 챙기기까지 했다. 또한 연애편지를 대필해 주고도 돈을 받았는데 그것이 제법 쏠쏠한 재미를 주었다. 그러면서 내 핏속에도 아주 조금은 장사꾼의 피가 흐르고 있다는 것을 느꼈다.

드디어 제대하던 날, 나는 곧장 서울로 들어갔다. 그동안에도 집에는 제대에 대해서 일언반구 해둔 일이 없었으므로 내가 제대한 것을 아는 사람은 아무도 없었다. 난 궁리 끝에 한창 유망 직종으로 떠오르고 있던 측량 기사 자격증을 따기로 했다. 그동안 머릿속에서 무수히 생각했던 대로 제일 먼저 종로에 있는 측량 학원으로 갔다. 그러나 잠자리가 문제였다. 나는 청계천에서 옷 장사를 한다는 당숙네를 찾아갔다. 하지만 고달픈 내 자유는 오래가지 못했다. 당숙네서 옷감 뭉치를 날라다 주며 학원에 다닌 지 석 달째 되던 어느 날, 아버지가 찾아오셨다. 마침 학원에 갔다가 돌아오던 나는 아버지를 보는 순간 그 자리에 멈춰 서 버리고 말았다. 아버지의 검은 두루마기와 중절모자가 저승사자 같았다. 아버지는 쓰다 달다 말 한마디 없었다. 내 손목을 움켜쥐고 "가자!" 하시며 성큼성큼 앞서 걸어 나가는데…….

난 다시 싸전으로 돌아왔다. 언젠가는 이렇게 될 줄 알았다는 깊은 절망감이 목울대를 치밀고 올라왔지만 한편으론 불안한 불장난에서 벗어난 것 같은 안도감도 같이 찾아왔다.

몇 년 만에 돌아온 장터는 여전했다. 때마다 찾아오는 회충약 장수와 그 원숭이 주위로 몰려드는 어린 꼬마들, 막소주 한 병에 안주도 없이 둘러앉아 있는 촌로들, 시계전에 몰려나온 꼬질꼬질한 시골 영감, 찹쌀 몇 되가 행여 돈이 될까 싶어 들고 나와 잎담배만 말아 피우고 있는 정수리가 허옇게 센 할머니. 둘둘 말아 내린 자루 속에 팥이며 수수, 보리쌀 들이 주인 못지않게 허름한 표정으로 담겨 있고, 고무신 장수 김 씨, 보명* 장수 정 씨, 고깃간 임 씨, 늘어선 국밥 집, 제 장사보다 남의 장사 흥정에 더 목청을 돋우던 마늘 장수 이 씨, 이제나저제나 손님이 불러 주기만을 기다리며 시장 모퉁이에서 싸구려 담배를 피우는 지게꾼들. 국밥 집에서 한없이 길어지는 자잘한 이야기들과 술과 담배. 지구가 자전을 멈춰도 영원히 이어질 것 같은 장터 사람들의 하얗게 바랜 몸짓.

"이제 니도 한잔하거라."

아버지가 아무렇지 않게 내민 막걸리 한 잔. 어쩌면 그 막걸리 한 잔 속에는 장터 사람들의 온갖 애환과 고통, 즐거움, 사랑 들이 조금씩 녹아 들어가, 마치 진짜 장터 사람이 되는 의식의 일부분인 것처럼 보였다. 그들의 일부를 나눠 마심으로써 진정 동지가 되는 그런.

* 보명 : 무명.

똥 속 30리, 첫사랑

그 일은 온 동네를 한바탕 떠들썩하게 했다.

"그 지집아가 입 헤벌리고 쫓아다닐 때부터 알아봤다니까. 말세다 말세야."

"근데 그 중국집에 무슨 마가 낀 거 아이껴. 어예믄 그래 다들 그 중국집에서 뛰어내리노 말이다. 참 얄궂데이."

"니는 경북 삼천도 모리나?"

"아유, 얄궂어라. 아무리 삼천인지, 오천인지 남을 그래 해롭게 하믄 쓰나."

"자고로 예천에 타지 사람들 들어와서 잘된 일 없다 안 하드나."

"맞다. 김천 사람은 맨발로 자갈길을 30리 가고, 영천 사람은 물속을 숨 안 쉬고 30리 간다 하는데, 예천 사람은 똥 속을 30리 간다 안 하나. 그러니 대구에 나가서 전세방 하나를 얻을라 해도 예천서 왔다믄 방을 안 준다 하데?"

“다 실없는 소문이지, 뭐.”

“어쨌거나 떠돌이가 들어와서 잘돼 갖고 나간 사람이 있나?”

읍내에 있는 중국집 2층에서 젊은 여자 하나가 또 투신자살을 했다. 무슨 억하심정인지 모르지만 그 중국집에서 벌써 세 번째 일어난 자살 소동이었다.

그런 와중에 아버지는 2층 방을 세놓겠다고 했다. 그 방은 난방을 할 수 없게끔 돼 있어서 한겨울을 빼고는 둘째가 혼자 거처하던 방이었다. 지금은 둘째가 학교 때문에 대구로 가고, 이때다 싶었던 셋째가 제 형이 쓰던 방을 혼자 쓰고 있는 중이었다.

“우리 아들놈이 대구서 대학을 댕기느라고 비우게 된 방이시더.”

며칠 뒤, 아버지는 젊은 남자 하나를 데리고 왔다.

“대학생이라 자주 집에 내려오기는 하지만도…….”

아버지는 그 낯선 남자 앞에서 자꾸 아들이 대학생이라는 것을 강조하고 싶은 눈치였다.

“내가 낯선 사람은 함부로 집에 들이지 않을 긴데, 선상님이라니까 믿니더. 이 방 팔자가 먹물을 풍길 팔자인 모양이시더, 허허허.”

아버지의 호탕한 웃음이 남산에 텅텅 부딪히며 되돌아왔다. 그리고 며칠 뒤, 해가 설핏해졌을 무렵, 집 앞 천방에 다 낡아서 달달거리는 삼륜차 한 대가 와서 멈췄다. 이미 다 없어진 줄 알았던 차였던지라 마루에 앉아 저녁을 먹던 우리 가족은 숟가락질을 멈추고 호기심으로 그 차를 바라보았다.

"요즘도 저런 차가 다니나?"

풋고추에 된장을 듬뿍 찍어 먹던 아버지도 푸르죽죽한 그 차에 관심을 보였다.

"어이쿠, 저녁 식사 하시는데……."

2층에 세를 들기로 한 그 젊은 선생이었다. 순간 아버지의 안색이 푸르스름하게 굳어졌다. 어머니도 숟가락을 내려놓으며 순간적으로 쳐들었던 엉덩이를 도로 내려놓았다.

"날씨가 더워서요, 일부러 늦게 왔어요. 도배도 하고 아예 짐도 옮기려고요."

그러면서 풀통과 도배지 한 묶음을 들고 2층으로 올라갔다.

"참말로 얄궂데이. 아무리 더와도 그렇지…… 선상이라서 점잖은 줄 알았디만……. 세를 잘 주는 건지 모리겄네. 집에 말만 한 지집아가 있는데."

걱정을 빗댄 은근한 어머니의 핀잔에 아버지는 아무 말도 하지 않았다. 그러나 반바지 밑으로 드러난 그 젊은 선생의 북슬북슬한 종아리가 내심 걸리는 눈치였다.

"저, 저의 어머니세요. 제가 시골로 온다고 걱정이 돼서……."

다들 찜찜한 기분으로 무겁게 수저질만 하고 있는데, 그 선생이 또다시 나타났다. 그 선생 뒤에는 나이를 짐작할 수 없는 여자가 공손한 자세로 서 있었는데, 어머니라며 소개를 했다. 어머니라는, 역시 반바지에 티셔츠를 입고 화장 솜씨가 예사롭지 않은 여자가 허리를 90도로 굽히며 마루 끝에 수박 한 덩이를 놓고 갔다.

"크르렁!"

급기야 아버지의 큰기침이 마루를 한바탕 휘저어 놓았다.

"어머니라? 누나라 캐도 믿겠구마는. 애시당초 외지 사람한테 방을 준다고 할 때부터 불안하더마는. 집에 커다란 지집아가 있으니까 살림하는 사람을 들여야 한다고 그렇게 얘기를 했건만. 학교 선상이라고 점잖다고 큰소리치더니만."

서둘러 상을 물리고 가게로 나가는 아버지의 정수리가 채 우리 담장 끝을 벗어나기도 전에 어머니의 불만이 터져 나왔다.

국어 선생이라고 했다. 그래서 그런지 2층엔 책이 많았다. 나는 그 책을 스윽 둘러보면서 언젠가 매캐한 연기로 날아간 책들을 생각했다. 그때 선아가 마지막으로 찾아왔던 날, 난 내 방에 있던 책을 몽땅 태웠다.

멱살잡이로 끌려 내려온 뒤로 길에서 우연히 선아와 마주쳤었다. 고교 백일장에서 만난 이후로 서로 얼굴만 알고 지내던 사이였었다. 난 그녀로 인해 읍내 장터에도 숨 쉴 공간이 있다는 걸 알았다. 그녀는 갈등하는 내게 말했었다. 차라리 아버지를 능가하는 장사꾼이 돼 보도록 노력하라고. 장사도 시처럼 해 보라고. 간결하게 그러나 치열하게. 시를 버리지 않으면 언젠간 진정한 시인이

된 자신을 발견하지 않겠냐고.

나는 그런 그녀의 가슴에서 조금씩 길을 찾으려 했다. 시골 장터를 돌면서도 나는 시를 찾으려 애썼고, 시싯대로 쌀가마를 찌르면서도 맑고 아름다운 언어를 건져 올리려고 했었다. 선아의 병원 일이 끝나고, 장이 파하면 푸른 어둠이 깔리는 길을 걸었다. 행여 아버지 눈에 띌세라 굴머리에서 왕신벌로 내달렸다. 자전거 뒤에 그녀를 싣고 저녁 안개를 걷으며 달리면 등 뒤에서 그녀의 따뜻한 숨결을 느낄 수 있었다. 자전거를 세우고 왕신 다리에서 땅거미 지는 들판을 보면 우리는 이미 하나였다. 고달픈 간호 보조사도, 어설픈 장돌뱅이도 아니었다. 그녀의 촉촉한 눈빛 속으로 시가 흐르고, 가끔씩 내 어깨 위에 떨어지는 그녀의 머릿결에서 풀꽃 냄새가 났다. 그래서 우린 한사코 꽃님 다방도 신세계 다실도 다니지 않았다. 어두운 들판을 등에 싣고 돌아오는 길에 역전 분식집에서 먹는 만두 맛은 잊을 수 없다. 김이 모락모락 나는 만두를 아끼듯 천천히 먹고 헤어질 시간을 헤아릴 때마다 느껴지던 아쉬움. 그 안타까움과 그녀에게서 풍기던 풀꽃 냄새가 싸전 생활을 견디게 했다. 언젠간 풀꽃 같은 싸전을, 싸전 같은 시집을 한 권 묶겠노라는 허황한 바람의 고랑을 일구면서.

그런 어느 날, 나는 천막이 쳐진 마당에서 사모관대를 하고 절하고 있었다. 바람이 불었고, 부엌에 들여놓은 항아리들도 쩍쩍 갈라지는 추위가 있던 날이었다. 내 스물다섯이 그렇게 저물어 갔다.

"이 세상에 여자는 딱 두 종류가 있는데, 델코 살 여자와 바라보기만 하는 여자다. 여자를 평생 아랫목에 모셔 놓고 바라보기만 할 팔자를 타고났다믄 괜찮겠지만도 니는 그런 팔자는 아이다. 더 말할 거 없다. 바라보며 살 수 있는 거는 기껏 1, 2년이믄 물린다. 수시로 구들장 짊어지고 누워 봐라. 내다 버릴 수 있는 물건도 아이고. 지난번 선본 그 색시가 딱 좋다. 곧 날 잡으라고 그쪽에다 통보할 거니까 그리 알거라."

내 결혼식 날, 아버지는 두루마기에 중절모를 쓰고 시장을 돌며 춤을 추었다. 거나하게 취해서 알 수 없는 노랫가락까지 흥얼거리며 온 시장을 들썩거리게 했다. 몸을 거의 가눌 수 없을 지경이 되도록 계속 술을 마셨다. 내가 마시고 싶은 양만큼 아버지가 대신 흠씬 마셨다. 내 결혼식 날에.

"아범아, 잠깐 나와 봐라."

예사롭지 않은 어머니의 목소리와 함께 아버지의 큰기침이 날아들었다. 나는 창고에 있다가 얼른 가게로 나갔다. 그러다 깜짝 놀라서 주춤 서고 말았다.

거기, 가게 앞에 그녀가 서 있었다. 이름만 들어도 가슴이 아렸던 그녀, 선아. 초여름 뙤약볕 아래에 서 있는 그녀의 눈부신 모습에 기우뚱거리며 무너질 것 같았다. 테토론 기지로 된 하늘색 원피스가 초여름 바람에 살풋 나풀거렸다. 나는 그녀를 데리고 시장 공터를 가로질렀다. 나는 집 앞 냇가로 가야겠다고 생각하는데,

앞에서 배가 불룩 부른 아내가 점심 바구니를 들고 오는 게 보였다. 아, 정말이지 난 그 순간에 모르는 사람처럼 그냥 지나가고 싶었다.

"어데 가니껴?"

월남치마를 입은 아내가 플라스틱 슬리퍼를 찍찍 끌고 내게 바짝 다가와서 물었다.

"어, 요 앞에 잠깐 댕겨 올라꼬."

"점심 가져가는데, 일찍 오소."

그나마 다행이었다. 아내는 누구냐고 묻지 않았다. 선아는 내게

서 조금 떨어져 있다가 아내가 가고 나자 부인이냐고 물었다. 나는 고개만 끄덕였다.

"사실은 어떤 분인지 보고 싶었니더."

"어른들이……."

사실 어른들의 기준으로 골랐으니, 네가 생각하는 것처럼 미인도 아니고 또 아내를 사랑해서 너를 버리고 한 결혼이 아니라고 말하고 싶었다. 그러나 난 더 이상 입을 열지 않았다. 냇가는 그늘 한 점 없었고, 성급한 아이들 몇이 헤엄치고 있었다.

"행복하니껴?"

"이미 난 없어졌니더. 난 아버지 턱밑에 달린 소방울일 뿐이시더. 그저 아버지가 움직이는 대로 딸랑딸랑 소리나 낼 뿐이라요."

해가 너무 눈부셔 나는 눈을 감았다. 눈꺼풀 속에서 해는 고흐의 그림처럼 수많은 둥근 원을 그리며 이글이글 타올랐다.

"사실 오늘 병원을 그만두고 짐을 정리하다가 길석 씨가 발표한 시를 모아 놓은 신문철을 봤니더."

'아비는 아들 가슴에 꿈을 심지만

아들은 아비의 욕망에 꿈을 묻었다.'

아, 내 가슴에 쇠공이가 철렁 내려앉았다. 내가 고등학교 때 발표한 시의 한 구절이었다. 그녀의 목소리가 눅눅히 젖은 채 모래밭에 낮게 스며들었다. 6월의 햇살만 낯선 적막 속에 푸지게 쏟아져 내렸다.

"그때 이미 길석 씬 자신의 운명을 알고 있었는데, 난 왜 그걸 눈치 채지 못했는지……."

그녀의 한숨이 내 침묵 속에 뚝뚝 떨어졌다. 그녀가 일어섰다. 나도 따라 일어섰다.

"행복하게 사이소. 그래도 인생은 자기 거자니껴."

천방에서 그녀가 인사를 했다. 나는 말없이 고개를 숙였다.

그날 저녁, 난 내 책꽂이에 있던 책들을 마당으로 다 끄집어내서 불살라 버렸다. 마당 한켠에서 서정주도 타고 니체도 타고, 헤르만 헤세도 탔다. 잠자리에서 아내는 내게서 독한 연기 냄새가 난다고 했다. 나는 책을 태웠는데 무슨 독한 냄새겠느냐며 돌아누웠다.

나는 눈을 비볐다. 그때 연기로 날아간 책들이 다시 오롯이 살아 이렇게 내 눈앞에 나타난 것인가. 울컥 알 수 없는 감정이 치밀었다. 그건 내 책이 아니었다. 내 책은, 내 마음속의 시는 스무 살 청춘처럼 연기로 날아가 버렸다.

시 습작을 하고 있다는 그 선생은 날이 저물녘이면 2층 마루 끝에 앉아서 하모니카를 불거나 아예 의자를 내놓고 해가 다 지도록 커피 향을 풍기며 꼼짝 않고 앉아 있곤 했다. 그런 선생의 모습을 보면 난 또다시 아버지 눈을 피해 도망가고 싶은 생각이 간절해지곤 했다.

아침저녁으로 이는 바람에 한기를 느낄 무렵이었다. 그런데 점심 무렵, 사람들이 모여서 쑤군거리기 시작했다.

"급기야 그 중국집 남자가 이사 간다이더."

"하매 지난번 미장원 집 그 지집아가 떨어졌을 때부터 집을 내놓은 모양이시더. 그래도 밑지고 나가기는 뭐했는지, 제값을 받을라고 기다리고 있었다는데, 이번에 또 안실에 사는 그 지집아가 안 떨어졌니껴. 그래, 이번에 아주 반값으로 푹 깎아 내놨는데, 영 나갈 것 같지 않게 보러 오는 사람도 없다더니만, 용케 나갔다 하데요."

"그래도 나갔으니 잘됐네."

"어째요. 그 주인 얼굴이 메랑없어*요. 여태까지 장사도 잘 안

* 메랑없다 : 꼴이 형편없다는 뜻의 경상도 방언.

됐는데 집까지 그렇게 내놓고 맹 알거지가 돼서 나간다는데요. 그 집 팔리는 날 여핀네가 울고불고 한바탕 난리를 쳤자니껴."

"하긴 타지 사람이 여기 들어와서 잘돼 갖고 나간 사람이 없으니까."

어른은 어른대로 아이들은 아이들대로 그 중국집이 화제였다.

그런데 그 중국집 이야기가 2층 선생 이야기와 함께 저녁 밥상에서 또다시 나왔다. 마침 아버지가 안 계셔서 오랜만에 우리들끼리 편안한 저녁을 먹는 자리였다. 아무리 아버지는 독상을 받는다지만, 아버지가 옆에서 진지를 잡수실 때는 맘대로 떠들지도 못했었다.

"옛날부터 여기가 십승지 중의 하나였다니더."

느닷없이 셋째가 말문을 열었다.

"십승지가 뭐로?"

나이 차이가 많아 아직 중학생인 막내가 끼어들었다.

"열 군데의 명승지라는 뜻도 있지만 그보다는 피란하기 좋다는 열 군데의 땅을 말하는 거야."

"우와! 우리 동네가 그렇게 멋진 동네야?"

"그게 아이고, 그만큼 오지라는 거지. 산세가 험하거나 너무 깊숙한 촌이라서 왜놈들이고, 되놈들이고 함부로 쳐들어올 수 없었다는 거야."

"야, 근데 너 갑자기 왜 그런 이야기를 하냐?"

"중국집요. 사람들이 타지에서 들어오면 성공하지 못한다느니, 여기는 배타성이 강하다느니 하면서 떠벌리자니껴. 그러면서 한편으론 그걸 즐기고 또 자부심처럼 생각하게 만드는 묘한 구석도 있고. 그란데 그것이 오랫동안 외진 곳에서 끼리끼리 모여서 살아왔기 때문에 다른 문화를 쉽게 받아들이지 못하는 거라이더. 다른 문화라고 다 나쁜 것은 아이자니껴. 그러니까 자꾸 삼천이니 뭐니 해서 더 안으로만 뭉치지 말고, 다른 것을 이해하고 받아들여야 한다는 거시더."

"누가 그딴 소릴 하드나?"

"2층 선생님이."

"야, 지들이 적응을 못해서 그런 거지 무슨 배타성?"

"아냐, 그 선생님 말도 일리가 있다."

야근을 하지 않아 일찍 퇴근한 누이가 끼어들었다.

"오빠, 우리도 커피 사다 마실까? 아까 들어오는데, 2층에서 나는 커피 향이 마당에까지 풍기는 게 너무 좋더라마는."

"나한테 묻지 말고 아버지한테 물어봐."

"내가 2층 선생님을 잘 사귀어 놨는데 이따가 누나 델코 갈까?"

"내가 거지냐? 커피 얻어 마시러 가게."

그 후로도 셋째는 끊임없이 2층 선생 이야기를 물어다 날랐다. 더군다나 셋째네 학교 선생이었으니, 입만 열면 그 선생 이야기였다.

"오늘 학교에서 좀 웃기는 일이 있었다."

저녁 밥상머리에서 셋째는 또 그 선생을 화제로 올렸다.

"2층 선생님이 1학년을 가르치자니껴. 근데 여태까지 우리가 쭉 해 왔던 교재는 새로운 입시 제도를 반영하지 못했고, 또 서울 아들은 그런 교재를 사용하지 않는다면서 바꿨거든. 그런데 2학년을 가르치는 노 선생이 아이들을 선동해 갖고 모다 예전의 참고서를 갖고 오게 한 거라. 자기하고 아무 상관도 없는 1학년 애들을 선동해서."

"아니, 남의 학년 일에 정말로 그랬다꼬?"

"근데, 더 웃기는 것은 정말로 대선배인 노 선생의 위력이 먹힌 거라. 학생들 중 절반 이상이 예전의 교재를 가져왔다이더."

"잘 가르친다고 학생들한테 인기가 좋았다며?"

"그러믄 뭐 하니껴. 이번 일로 박살이 나뿐졌지. 내가 생각하기엔 그놈의 인기가 화근이었다는 생각도 들고."

그날 저녁, 누이는 저녁상을 물리고 느닷없이 셋째에게 산책을 가자고 했다. 누이와 셋째가 산책을 가고 난 가게로 나가면서 2층을 흘끔 쳐다보았다. 불 꺼진 2층 슬래브 건물이 우중충하게 보였다.

들녘이 누렇게 익기 시작했으므로 다시 나는 바빠지기 시작했다. 왕신벌만 쳐다보아도 배가 부르다던 아버지는 풍기 장이 서는 날이면 어김없이 장차가 무너져라 쌀을 실었다. 풍기 쌀은 근동에서는 알아주는 쌀이었으므로 가을걷이가 끝난 후에 아버지는 풍기 장을 제일 많이 다녔고, 또 풍기 장이 서면 늘 장차 한 대를 혼자 세내곤 했다. 그런 어느 날, 장에 갔다가 터벅터벅 집에 돌아왔을 때 은은한 커피 향이 났다. 드르륵 마루문을 열자마자 누이가 뛰어나오며 문 너머 마당으로 시선을 던졌다. 커피 냄새가 나는 곳은 2층이 아니라, 누이의 방이었다. 누이의 방에서 비틀스가 들릴락말락하게 새어 나왔다.

"액씨가 아무래도 2층 선생한테 관심이 있는 모양이시더."

그러면서 아내는 내 손에 들려진 커피 잔에 코를 갖다 대고는 흠흠 냄새를 마셨다.

"마실라나?"

"냄새는 좋은데, 그거 마셔 놓으니까 잠이 안 오디더. 그런 걸 뭐가 좋다고 저리 호들갑을 떨까. 에구 저때가 좋기는 좋지만도."

아내는 대한 전선 21인치 텔레비전의 미닫이문을 열다 말고, "커피 쏟니더. 에구 그 커피 물은 땡감 물보다 더 보기 싫디더" 하며 눈살을 찌푸렸다.

벌써 날씨가 제법 추웠다. 아침에 콩나물에 물을 주다 보면 손이 시려웠다. 곧 난로를 놔야겠구나 생각을 하며 콩나물 도가 문을 나서는데, 누이가 운동화 끈을 죄고 있었다.

"이 새벽에 니가 어쩐 일이로?"

"자꾸 뚱뚱해져서 새벽 운동이나 할까 하고."

붉은색 손수건으로 머리를 질끈 묶고 통통통 마당을 뛰어나가는 누이의 뒷모습을 보았다. 나는 마당을 쓸기 시작했다.

"안녕하세요. 이제 제법 쌀쌀한데요."

마당을 다 쓸고 대문 밖을 쓸 무렵 2층 선생이 양옆으로 흰 줄이 두 줄 그어진 긴 하늘색 운동복 차림으로 나왔다.

"참, 시를 잘 쓰신다면서요?"

"?"

몇 발자국 뛰어가던 그가 뒤돌아보며 웃어 보였다.

"동생이 그러더군요. 언제 시간 나면 올라오세요. 같이 차나 한 잔 하죠."

그리고 며칠이 지난 어느 날, 저녁상을 물리고 텔레비전 앞에 앉아 있는데 2층 선생이 찾아왔다. 엉덩이 걸음으로 방문 앞으로 나가 얼굴을 내밀었는데, 누이도 셋째도 잇달아 고개를 내밀었다.

"괜찮으시면 올라와서 차나 한 잔 하자구요. 순자 씨도 올라오세요."

순간 누이의 얼굴에 설레는 수줍음이 스치고 지나갔다.

줄레줄레 따라 나오는 누이에게 나는, 넌 왜 따라오냐고 했지만, 누이는 혀만 날름 내밀고는 2층으로 따라 올라왔다. 2층은 새롭게 변해 있었다. 마루와 방바닥에는 붉은 카펫이 깔려 있고, 연탄난로가 놓여 있었다. 또한 미닫이문의 맞은편 문엔 방한용으로 두꺼운 커튼을 드리웠는데, 카펫과 난로가 어우러져서 아늑함이 배어 나왔다.

"벌써 난로가 나왔네."

"예, 아궁이가 없으니까 벌써 춥네요. 더 추워지면 저 마루문에 도 커튼을 달아야 할까 봐요."

"바닥이 차가우니까 잠자리가 그렇지요?"

"덕분에 책상에 오래 앉아 있게 돼서 좋습니다. 야전 침대라도 갖다 놓을까 생각 중이구요."

"어차피 방학 되믄 올라가실 거 아이껴?"

"아뇨. 그냥 여기 있을까 하구요."

연탄난로에서 물이 끓기 시작했다. 그는 우리에게 설탕은 몇 스푼 넣느냐고 물었다.

"전 촌놈이라 달게 마시니더."

"전 설탕 없이 주세요."

누이가 작은 소리로 말했다.

"순자 씬 저와 취향이 같네요."

그가 웃으며 잔을 내밀었다.

"준석이가 형님 자랑이 대단합니다. 고등학교 때부터 시를 써서 신문에 나왔다구요."

"솔직히 오빤 장사할 사람이 아이라요. 아버지 때문에 이렇게 있지만요."

"스크랩해 두셨으면 저도 좀 보게 해 주십시오."

"장사하믄서 다 태웠니더. 보믄 속만 상할 거고."

난로 위에서 양은 주전자가 달그락거리며 끓었다.

"준석이 말에 의하면 책이 많으셨다면서요?"

그가 나를 바라보았다. 나는 그냥 말없이 웃었다. 그가 머쓱했는지 누이에게 부담 없이 책을 빌려다 보라며 웃었다.

"형님은 누굴 좋아하셨어요?"

그가 나에게 형님이라 했다. 나는 공연히 머쓱한 기분이 되었는데, 좀 더 정확히 말하면 그가 스스럼없이 형님 운운하며 다정스레 대하는 것이 그의 자신만만함에서 나오는 것 같아 더욱 왜소해지는 느낌이 들었다.

"특별하게 내놓고 좋아한 사람은 없지만, 미당을 좋아했니더."

그는 미려한 시어들만이 아닌 일상의 언어로 그 시대를 노래한 김수영을 좋아한다고 했다. 그리고 그는 많은 이야기를 했다. 예이츠의 아름다움과 고리키의 노동자들 이야기까지.

어두운 2층 계단을 내려오면서 등 뒤에서 내려오는 누이의 미세한 흥분을 느꼈다. 그러나 정작 나는 아무런 감흥도 느낌도 없었다.

누이가 달라졌다. 늘 한 갈래로 단정히 묶고 다니던 머리를 풀어헤쳤고, 어느 땐 옅은 화장기마저 보였다. 그러나 무엇보다도 누이는 시집을 사들고 오거나 음악 테이프를 사들고 오는 날이 많아졌다. 그런가 하면 둘째가 주고 간 카세트도 감지덕지하며 쓰더니 요즘 들어서는 오디오 타령을 늘어놓기도 했다. 그러더니 어느 날인가 대담하게, 정말로 대담하게도 작은 오디오를 들여놓고 말았다. 누이가 새 오디오를 장만한 뒤로 나에겐 또 다른 불안거리가 생겼다. 누이의 방에서 아무리 감미로운 음악 소리가 들려와도, 그것은 내게 불안이었지 음악이 아니었다. 때문에 저녁에 아버지가 진지를 잡수시러 들어오면 제일 먼저 누이의 방문부터 단속하게 했다. 또 어쩌다 아버지가 낮에 살림집으로 간 기미만 보이면 공연히 가슴이 콩닥거렸다. 먹는 일이 아닌, 음악을 듣는 일에 돈을 썼다는 사실이 아버지를 어떤 상태로 몰아갈지, 저만치서 내게 정면으로 날아드는 화살을 응시하는 기분이었다.

그러나 정작 일이 터진 것은 오디오가 아니었다. 그날은 하늘이 낮게 깔린 음울한 늦가을 토요일 오후였다. 크르렁 하는 아버지의 기침 소리에 2층에서 내려오던 누이의 발걸음이 계단 중간쯤에서 딱 얼어붙고 말았는데, 그와 거의 동시에 아버지의 눈빛과 누이의 눈빛이 허공에서 어지럽게 얼크러져 버리고 말았다. 누이의 머리채는 아버지의 손아귀에 사정없이 움켜잡히고 말았다. 빌린 책을 돌려주러 갔던 것이라고 자초지종을 얘기할 겨를도 없었다. 우당탕거리는 소리에 뛰쳐나온 2층의 선생이 이미 마당에 나동그라진 누이를 일으켜 세우려 했지만, 되려 그 선생의 멱살마저 아버지의 사나운 손아귀에서 꿈쩍 못하고 말았다.

"다 큰 지집아가 어데 남의 남정네 방에 들락거리노. 그러잖아도 천방에서 보믄 집 안이 다 들이다뵈는데, 나 연애하고 다니니

더 하고 소리치지 그랬노."

의외였다. 아버지의 목소리가 최대한으로 눌려 납작해져 있었다. 아버지는 누이의 방에 들어가서, 꿇어앉은 누이의 머리만 연신 쥐어박았다. 그러다가 그것을 발견한 것이다. 반짝반짝 빛나는 그 새로운 오디오와 제법 모여지기 시작한 음반과 테이프들을.

"어멈, 니 들어와 봐라."

억지로 우겨넣어 납작하게 작아졌던 아버지의 목소리가 드디어 날카롭게 갈라지며 집 안에 쩡 울렸다. 그리고 이내 오디오와, 음반과 테이프 들이 마당에 우수수 나동그라졌다. 그러나 누이는 울지 않았다. 아버지 손에 쥐어뜯겨 엉클어진 긴 머리 사이로 누이의 눈이 푸르게 빛났다.

그날 이후로 누이는 말을 거의 하지 않았다. 그런 누이에게서 난 오래전에 맡아 보았던 어떤 낯익은 무엇인가를 느낄 수 있었다.

그해 겨울, 2층의 선생은 떠났다. 그 선생이 떠나고 한 달이 지난 어느 날, 집 안은 또 한 번 발칵 뒤집히고 말았다. 오디오가 사라진 방에 쪽지 한 장만 달랑 남겨 둔 채 누이가 새벽이슬 속으로 사라진 것이었다. 나는 그제서야 누이의 눈에서 빛나던 섬뜩한 푸르름이 왜 낯익은 것이었는지 깨달았다.

또 조마조마했다. 아버지는 어떤 종교도 싫어했다.

"그렇게 염불만 외고 앉아 있으믄 밥 멕여 주고 옷 입혀 주고 좋기는 좋은 직업이다마는…… 차라리 도둑은 부끄러봐서 숨어서나 댕기지."

그럼에도 어머니는 살금살금 잘도 다녔다. 더구나 누이가 사라진 후로 절에 가는 발길이 더욱 잦아졌다. 그때마다 나는 아버지께서 아실세라 마음을 졸였다. 아버지는 집안에서 일어나는 모든 일에 대해 나에게 책임을 물었다. 장남이므로.

"통통통."

어머니는 얼른 가겟방 안을 슬쩍 살펴보았다. 아버지는 어디론지 나가고 없었다. 어머니는 도둑질하듯 재빨리 쌀 한 홉을 퍼서 스님의 걸망*에 부었다.

* 걸망 : 걸머지고 다닐 수 있게 얽어 만든 벼랑.

"이런 우라질 여편네 봤나."

어디서 튀어나왔는지 아버지가 스님의 걸망을 잡고 늘어졌다. 그러고는 이미 채워져 있던 걸망의 중간쯤을 움켜잡더니 아구리 쪽에 있는 쌀의 일부를 다시 우리 쌀에 쏟아 부었다. 하얀 쌀이 잿빛 걸망에서 쏟아져 나왔다. 좌르르 쏟아지는 쌀을 어머니는 외면했다. 가냘프게 서 있는 어머니는 고개를 외로 꼬아 숙인 채 미동도 못 하고 서 있었지만, 난 미구에 닥쳐올 아버지의 쇳소리에 온몸에 소름이 돋았다. 얼떨결에 일을 당한 스님은 허허 웃고는 사라졌다

"니 그렇게 중이 좋으믄 중놈하고 붙어먹든지 말든지 당장 절로 나가 뿐져라. 길석이 이눔우 자슥, 니는 옆에서 쌀 도둑질 하는 것도 모리고 뭐 했나, 응? 이 멍청이 천치 같은 놈아. 그래, 니도 니 어머니랑 한패라? 장남이란 것이 저 모양 저 꼴이니 집안 꼴이 뭐가 되노 말이다."

아버지의 욕설은 유명했다. 그것은 누구도 막지 못했다. 장을 보러 나왔던 사람과 이웃 가게 사람들이 흘끔흘끔 가게 안을 들여다보았다.

"내 집 앞에서 목탁 한 번 두들겨 주어서 장사가 잘된다믄 내가 쌀 한 홉이 아니라 한 가마도 안 아까울 기다. 다른 기 사기꾼이 아니야. 몇천 년 전에 넘의 나라에서 죽어 뿐진 귀신 섬기느니 차라리 우리 조상 산소에 절하는 기 백번 낫다 아이가. 부처? 흥, 내 죽

어서 염라대왕 앞에 가믄 제일 먼저 그놈부터 찾을 기다. 어떻게 생긴 시러베아들이길래 몇백 년 동안 남의 등을 쳐먹노 말이다.”

어머니는 배불리 먹고 등이 따스해도 이게 아니다 싶은 때가 있는데, 아버지는 그걸 모른다는 것이었다. 가슴에 열고 닫을 수 있는 뚜껑이 있다면 서리서리 풀어놓을 한을 보여 주고 싶다고 했다. 그랬으므로 어머니는 법당 마룻바닥에 엎디어서 그 한들을 풀어놓곤 했다. 그런데 어머니가 다니던 절은 종단에 정식 등록된 절이 아니었다. 물론 법당에 부처도 모셔 놓고 스님도 있었지만, 스님이야 고용된 월급쟁이였고, 그 절을 실질적으로 끌어가는 사람은 다름 아닌 만신이었던 것이다. 그래서 절 안채에는 그 만신이 받았다는 무슨 장군 상이 그려져 있었다. 그럼에도 외형적으로는 절이었으므로 초파일에는 등도 달아 놓고, 목탁 소리도 심심치 않게 들려왔다. 그러나 아는 사람은 곧장 안채의 만신에게로 가서 액막이굿도 하고 일년 재수굿도 했으며 흐드러지게 진혼굿도 했다.

그런데 살금살금 다니던 어머니가 어느 날부터인가 시름시름 아프기 시작했다. 누이가 집을 나간 지도 벌써 몇 달이 돼 가는데, 누웠다 하면 누이가 어머니의 가슴을 짓밟는 것 같다고 가슴의 통증을 호소했다. 그러더니 아예 구들장을 지고 누워 버렸다. 그런데 어머니는 헛소리까지 하는 옅은 잠에서 깨어나면 중 염불 외듯 누이의 이야기를 끄집어내곤 했다. 언제나 이야기의 발단은 ‘꿈속에서 말이다’였다. 꿈속에서 니 누이가 커다란 장화를 신고 싸전으로 성큼성큼 걸어오는데…… 꿈속에서 니 누이가 내 가슴에서 널을 뛰는데…… 보소, 꿈속에서 우리 순자가요…….

허옇게 말라비틀어진 입술 사이로 누이의 이름이 올려질 때마다 난 정말 누이가 죽어서, 그 혼백이 자꾸 어머니의 잠을 어지럽히는 게 아닌가 덜컥 겁이 나곤 했다. 아버지는 선심 쓰듯 병원비를 내놓았다. 그러나 병은 차도가 없었다. 그래서 아버지는 장을 보러 갈 때마다 이 약 저 약을 얻어 오기 시작했는데, 그 정성도 오래가지 못했다. 어머니의 엉뚱한 제안 때문이었다.

"신굿을 받아 봤으믄 싶으니더. 이기 무병일 기시더."

어머니가 제일 부러워한 사람 중의 하나가 무당이었다. 신이 내려 산으로 들로 펄펄 날아다니며 기도하고, 신과 내통하며 가슴의 한을 서리서리 다 풀어놓을 수 있는 사람들이라고 했다. 매인 데 없이 훨훨 날아다니는 그들이 어머니에겐 바로 신선이요 자유인처럼 보였다. 그렇더라도, 어떻게 어머니가 아버지에게 신굿을 받아 보겠다는 얘기를 할 수 있었을까. 종교라면 끔찍이도 싫어하는 아버지 면전에 대고, 똑바로.

"이 여핀네가 이자 간뎅이가 부었구마. 그럴라믄 차라리 콱 죽어 뿐지라마. 무당? 씨알도 안 멕히는 소리 하덜 마라."

창백한 어머니의 얼굴에 쓰린 체념이 기미처럼 내려앉았다. 감은 두 눈두덩이 위로 꿈틀거리는 눈동자가 선명했다. 그 이튿날부터 어머니의 입술은 하얗게 타들어 가고, 열이 펄펄 끓었다. 또 희

번덕 눈이 뒤집히며 칼 든 장군이 자기를 치러 온다며 헛소리까지 하는 것이 이미 예사로운 정도를 넘어서고 있었다.

급기야, 부산에서 외할머니가 달려 올라왔다.

"집안에 이런 내력이 있었디껴?"

왔냐는 인사도 없었다. 여자를 천시해서 아버지에게는 존댓말을 써도 할머니나 어머니, 이모, 고모 등에게는 낮춤말을 쓰는 풍습이 있기는 했지만, 아버지가 여자를 대하는 행동거지는 유난했다.

"아이다, 아이다. 내사 귀 뚫리고 그란 소린 여직 들어 본 적이 없는데."

누가 외할머니 잘못이라고 몰아붙이기라도 한 양, 숨도 고르지 못했는데 홰홰 손사래부터 쳤다. 그러면서 대번 치맛자락을 말아 올려 코를 휑 풀고는 울음소리를 꺼내 놓았다.

"어이구, 야야. 니가 왜 이렇노. 얼굴이 메랑없이 돼 버렸네. 봐라, 니 박 서방 생각해서도 이라믄 안 된다."

팔순이 넘은 외할머니의 골 진 주름 사이로 소금 같은 한숨이 번졌다. 그러나 이미 손바닥까지 창백하게 맥을 놓아 버린 어머니는 주검처럼 조용했다.

외할머니는 어머니의 이름을 부르며 좀 더 목청을 높여 울부짖었다. 어머니의 이름이 외할머니의 목구멍을 통해 울컥울컥 넘어오는데, 새끼를 잃고 울어 대는 어미의 핏빛 울음소리처럼 구슬프게 들렸다.

"크르렁."

마땅치 않다는 듯이 아버지가 큰기침을 하며 나가자, 외할머니의 울음도 잦아들었다.

"니 어머니 은제부터 이랬노?"

치맛자락에 또다시 코를 휑 풀며 우리를 쳐다보는 할머니의 눈엔 핏발이 서 있었다. 순간 난 아찔한 현기증을 느꼈다. 어머니도 한 어미의 자식이었다.

누이의 방에서 밤새 간호를 한 외할머니는 다음 날 새벽에 일어나 콩나물 도가에 물을 주고 마당을 쓸었다. 나는 극구 말렸다.

"니 아버지 좋은 점 중의 하나가 썩어질 육신 놀리지 않는 기다."

그게 외할머니의 대답이었다. 사위도 자식인데, 게다가 맏사위이고 보면 아들처럼 훈훈할 법도 한데, 쌀쌀하기가 동짓달 냇가를 훑는 바람 같고, 무섭기가 범 같으니 외할머니도 아버지 앞에선 늘 조신조신 어깨를 웅크리고 다녔다. 그래서 가끔 한두 개비 즐기는 담배나마 사위가 안 보는 곳에서 벽 쪽으로 웅크리고 피우곤 했으며, 어쩌다 외할머니 오셨다고 고기라도 한 칼 끊어 오면, 사위 눈치 보일세라 한두 점 얼른 그릇에 덜어 놓고 오물오물 씹는 것이 다였는데, 그나마 남의 살 먹은 것이 큰 호강인 양 밥상을 물린 후에도 일부러 입가를 쓱쓱 문지르고 성냥개비를 잘라 이를 쑤시며, 박 서방 덕에 호식 했네그랴, 하셨다.

외할머니가 오신 지 벌써 1주일이 흘렀다. 그동안에도 어머니는 여전히 창백한 얼굴로 정신을 차리지 못했으며 어느 땐 대소변조차 가리지 못했다. 외할머니는 그새 한 번 보따리를 쌌다가도 우리가 말리는 통에 어거지로 다시 눌러앉고 말았는데, 수시로 소다를 한 움큼씩 집어삼켰다. 그러더니 쭈글쭈글 주름 진 얼굴이 갈수록 핼쑥해져 아내와 나는 차라리 외할머니를 보내 드려야겠다는 결심을 굳히기에 이르렀다.

"내 이런 말을 하기 쉽지 않아서 망설였지만도……."

외할머니를 보내 드려야겠다고 생각한 날 저녁, 밥상머리에서 외할머니가 어렵사리 말을 꺼냈다. 그러나 그 상대가 분명히 아버지였음에도 외할머니도 아버지도 서로 눈길을 피한 채 먹는 일에만 열중하고 있었다.

"순자 고년이 지금 어디 있는지도……."

순간 아버지가 크르렁 큰기침을 했다. 그러나 외할머니는 내친김이라는 듯이 아버지의 큰기침도 아랑곳하지 않았다.

"약을 써도 저리 차도가 없으니까…… 죽은 사람 소원 들어주는 셈 치고…… 무당을 한번 불러 보믄 어떻겄나."

그러나 아버지는 이렇다 저렇다 말이 없었다. 다만 가시 많은 청어가 고스란히 남겨져 있을 뿐이었다.

다음 날, 아내와 나는 외할머니의 짐을 꾸렸다. 더 이상 외할머니를 붙들어 놓기가 민망했다. 나는 가게에서 슬쩍 빼온 천 원짜리 지폐 몇 장을 외할머니 눈에 잘 띄게 보따리에 넣어 놓고, 외할머니와 함께 아버지께 인사를 드리러 갔다.

"니 어머니 무당 년 되는 꼴 보고 가시게 해라."

돌아서 가는데, 등 뒤로 놋재떨이 두들기는 소리가 요란했다.

내가 잠든 어머니의 귓가에 대고 아버지가 굿을 허락했다고 하자, 자는 줄 알았던 어머니의 눈이 번쩍 뜨였다. 그러더니 하얗게 탄 입술을 비틀어 조금 웃어 보였는데, 조금 뒤엔 화장실에 가겠다며 몸을 일으키기까지 했다.

막상 굿을 하기로 정하자 집안은 또 다른 침통함으로 내려앉았다. 우리는 그제서야 아버지가 한사코 반대했던 문제들에 조금씩 눈을 뜨기 시작했다. 아직 어린 막내는 어머니에게 가서 어머니가 무당이 안 되고 낫는 길이 없겠느냐며 한차례 소동을 벌이기도 했다. 그런가 하면 고등학교 3학년에 접어든 셋째는 아예 학교 도서관에서 먹고 잤다. 아버지는 당신이 굿을 해도 좋다고 허락을 해 놓고서도 살림집 대문을 미는 일조차 하지 않았다. 누구도 무당 어머니를 두고 싶지 않았다. 그러나 집안에 맴도는 의기소침함과는 상관없이 어머니는 뽀스락뽀스락 살아나셨다.

굿판이 벌어졌다.

어제부터 허리가 휘도록 장만한 떡과 음식들로 살림집 미닫이 유리문을 떼어 내고 마루 안쪽에 상을 차려 놓았고, 울긋불긋한 종이꽃과 섬세한 가위질로 오려 놓은 종이 장군 상이 구름처럼 모인 동네 사람들의 눈길을 붙잡아 놓았다. 어머니는 한복을 곱게 차려입고 무당 옆에서 연신 굽신거리며 비손질을 해댔다.

무당은 거리*마다 옷을 바꿔 입어 가며 재비들의 소리에 맞춰 마루와 마당을 오가며 빌기도 하고 덩실덩실 춤을 추기도 했다. 날라리 소리와 북소리에 맞춰 무당이 덩실거릴 때마다 내 가슴이 쿵덕쿵덕 울렸다.

먼저 무당이 노랑 치마로 부정을 씻어 내리는 부정거리부터 조상굿까지 하더니, 드디어 어머니에게 무복이 겹겹이 입혀졌다. 어머니는 현란한 무복을 걸치고 신장대를 잡았다. 무복을 입은 어머니의 모습이 낯설어서 나는 눈을 감았다. 둥둥둥, 북소리가 내 가슴을 쳤다.

대나무에 핀 하얀 종이 술에 신이 내리면 어머니는 무당이 되어 훨훨 날아다닐 것이다. 작두 끝에서 나비처럼 춤을 출 것이고, 누이가 어디로 갔는지 혜안으로 살펴볼 것이고, 모진 아버지의 구박과 욕설도 날개 밑으로 다 가둘 것이며, 그 종이꽃처럼 화사한 날개로 당신의 지난했고 억눌렸던 삶을 다 날려 버릴 것이다. 북소리가 리듬을 타고 날라리와 꽹과리 소리를 넘나들었다. 무당의 오색 당의가 어머니를 휘돌며 너울너울 춤을 췄다가, 날라리의 자진모리에 몰리듯 덩덩덩 뛰어올랐다. 어느새 기울기 시작한 초여름의 햇살이 동백기름을 발라 윤나게 쪽 찐 어머니의 정수리에서 빛

* 거리 : 탈놀음, 꼭두각시놀음, 굿 따위에서 장(場)을 세는 단위.

났다. 어머니는 눈을 감은 채 숨을 몰아쉬고 있었지만, 이마에 솟은 땀방울이 애처로웠다.

꽹과리 소리가 내 머리를 후벼 파고 북소리가 내 가슴을 밟고 지나갈 때마다 나는 눈을 감았다. 나는 어머니가 쥔 신장대가 파들거리며 신이 내려앉을까 봐 은근히 겁이 났다. 그런가 하면 차라리 어머니의 겨드랑이에 이제라도 알록달록한 날개가 하나 돋아났으면 싶기도 했다.

어머니의 반질거리는 이마 위로 무당의 구성진 타령이 뚝뚝 떨어졌다. 긴장된 동네 구경꾼들은 어머니의 손에 굳건하게 잡힌 신장대에서 눈을 떼지 못했다.

꼼짝 않고 잡혀 있는 신장대에 지쳤는지, 무당이 이마에 땀을 닦으며 마루 위로 올라갔다. 둥둥둥, 조용한 북소리에 맞춰 다시 무당의 타령 소리가 차려진 상 위에 처량맞게 굴러떨어졌다. 어머니의 발길이 땅에 닿을 때마다 내 가슴에 핏물 같은 쓰라림이 퐁퐁 솟아났다.

밤이 이슥해서야 굿은 막을 내렸다. 구경꾼들은 지치지 않고 자리를 지켰다. 마지막으로 공수 거리를 하는 무당의 손이 지쳐 보여서 구경꾼들의 긴장됨과 흥겨움이 오히려 미안할 지경이었다.

에라 만세 — 허튼 말명 — 허튼 귀신 — 다 물러갈 때 — 맑은 마음으로 —

무당은 어머니의 비녀를 뽑고, 머리를 풀어 만수받이 노래를 해야 했다. 또 숨어 있던 귀신, 죄 많은 귀신, 병신 귀신, 힘없는 귀신도 다 불러 즐겁게 놀게 하고 음식을 풀어 먹여야 했다. 그러나 공수를 받는 손은 동네 구경꾼뿐이었다.

무당도 가고, 동네 구경꾼도 가고, 집 안엔 허탈한 정적만 고요했다. 끝내 어머니의 신장대엔 신이 내리지 않았다.

"꺼이꺼이, 으흐흑."

숨죽인, 그러나 목 놓아 우는 소리에 얼핏 눈을 떴다. 달빛이 하얗게 쏟아지는 천변에서 어머니는 수건으로 입을 틀어막고 그렇게 울고 있었다. 달빛에 그늘진 어머니의 작은 몸뚱어리가 날개를 빼앗긴 채 화석으로 굳어 가는…….

아직도 남아 있는

일상이란 쭉 뻗어 있는 신작로인지 모른다. 그러나 우린 때로 그 길을 벗어나 논두렁길에서 미꾸라지를 잡거나 허방 속에 빠져 허우적거리기도 한다. 운명이란 이름에 휘둘려서. 그리고 간신히 도랑물에 빠진 다리를 신작로 위에 올려놓았을 때, 신작로는 언제나처럼 곧게 무표정한 표정으로 그 자리에 있는 것이다. 그러나 미루나무가 줄지어 서 있고 그 끝이 아련하게 보이는, 마치 자국도 나지 않을 만큼 탄탄한 신작로 위를 나는 얼마나 오랫동안 걸을 수 있을까.

핼쑥한 얼굴로 다시 일상에 돌아온 어머니는 가끔씩 먼 산을 바라보곤 했다. 여름이 냇가의 개구쟁이들로부터 여물기 시작하더니 어머니의 핼쑥한 얼굴에도 차츰 까무스름한 여름이 오르기 시작했다. 어쩌다 어머니의 눈빛에 고이는 서늘한 한숨이 있었지만 체념은 어머니의 익숙한 친구였다. 때로 지긋지긋하고 낯선 비일상에서 우리를 구해 내는 것이 바로 그 체념이지 않은가. 우리는 깊은 수렁에 내려놓은 어머니의 체념의 사다리를 타고 다시 신작로로 올라왔다. 그러나 셋째는 어머니가 내림굿을 받을 때부터 집에 들어오지 않더니, 일이 끝난 뒤에도 아예 학교 도서관에 틀어박혀서 얼굴 보기가 힘들었다. 그때부터 나는 또 다른 운명의 광풍에 휘말려 우리 가족이 다시 한 번 반듯한 신작로에서 도랑으로 처박힐 것을 짐작하고 있었다.

그해 여름 나는 고전하고 있었다. 새까만 바구미와 얄밉도록 통통하게 살이 오른 하얀 쌀벌레가 들끓었다. 우리는 시간만 나면 쌀을 풀어놓은 멍석 앞에 쪼그리고 앉아 일일이 그 벌레들을 골라내야 했다. 어느 날은 하루 종일 그놈의 벌레들과 씨름하기도 했다. 종일 쭈그리고 앉아 쌀 속에 손을 처박고 그것만 들여다보고 있노라면 쌀인지 벌레인지 분간이 안 가게 눈앞이 노랬다. 그런 날이면 아버지 성격을 알면서도 고 3입네 하고 나 몰라라 도서관에 처박힌 셋째에게까지 은근히 화가 치밀었다. 막내도 방과 후에는 싸전에 나와 있긴 했지만 벌레는 뒷전이었다. 무슨 꿍꿍이속인지 요즘 들어 부쩍 막내는 쌀 배달을 하고 타 내는 얼마의 돈에 욕심을 냈다. 내 눈치 때문에 쌀을 펼친 멍석에 쭈그리고 앉았다가도 배달이 들어오면 스프링처럼 튕겨 나갔다. 하루 종일 벌레만 잡느라고 저녁이 되면 어깨며 허리가 뻐근할 지경이었다. 그러잖아도 배달이 밀릴 때마다 어째 이리 사람이 없냐고 타령을 하는 아버지였는데, 일찌감치 대도시로 나간 둘째와 사라져 버린 누이, 거기에다가 이제 셋째까지 코빼기 한번 들이밀지 않았다. 그럼에도 아버지의 머릿속엔 언제나 일꾼으로 부릴 수 있는 자식이 다섯이나 된다는 생각이 늘 박여 있었다.

"준석이 이눔우 자슥 요즈막에 왜 통 안 보이노."

"고 3이자니껴."

"고 3? 고 3이믄 무슨 벼슬하는 거라?"

그러나 야단을 치든지 혼구멍을 내든지 일단 사람이 보여야만 할 수 있는 일이었다. 셋째는 철저하게 아버지와 부딪치지 않았다. 둘째처럼 정면 돌파할 배짱은 없었지만 보이지 않는 고집이 있는 놈이었다. 둘째가 아버지를 닮았다면 셋째는 나와 마찬가지로 어머니를 닮은 편인데, 그래도 녀석은 그 큰 눈에 꼬장꼬장한 성깔이 들어 있어서인지 둘째와는 다른 방법으로 제 갈 길을 잡고 있는 중이었다. 어머니의 내림굿 소동을 빌미로 학교에서 먹고 자고 하는 것을 자연스럽게 기정사실로 굳혀 놓고, 아버지가 집에 없을 시간에만 살짝살짝 들러서 필요한 물건을 챙겨 가곤 했다. 그동안 쌀 배달로 모은 돈으로 그럭저럭 버티고 있는 눈치였다.

"준석이 아버님이시죠?"

젊은 선생이 가을볕을 털어 내며 어두컴컴한 가게 안으로 들어섰다. 명색이 아들의 선생님이 왔다는데, 아무려나. 굳이 사양하는데도 깍두기 한 종지와 막걸리 한 주전자, 그리고 큰맘 먹고 새

우깡 한 봉지도 가겟방 쪽마루에 펼쳐 놓았다.

"준석이가 영민합니다. 조금만 노력하면 서울의 일류대도 생각해 볼 수 있습니다."

서울이 아니라 미국이라도 일단 자식이 영민하다는 데 아버지는 기분이 좋아졌다.

"그래서 상위 그룹 중 집안 형편이 괜찮은 몇을 선발해 서울에 있는 학원에서 마지막 정리를 하게 할까 합니다. 물론 교장 선생님의 배려도 있고 해서, 좀 편법이긴 합니다만……."

"선상님 말씀이 무슨 뜻인지는 알겠습니다만, 나는 우리 준석이를 대학에 보내고 싶은 맘이 없니더. 대학에 댕겨 봤자 먹물 든 병신 되는 기 하도 많아 놔서, 준석이 고등학교 졸업하믄 지 형이랑 우리 삼부자 똘똘 뭉쳐서 전국을 상대로 싸전 한번 크게 벌여 볼 생각이시더."

다소곳하게 앉아 있는 그 젊은 선생은 근육질로 다부진 아버지의 가슴패기 앞에서 너무 왜소해 보였다.

"난 도대체 대학이란 데가 마땅치 않니더. 양조장 집 아들을 봐도 그렇고."

술이 들어갈수록 점점 커지는 아버지의 목청에 눌린 탓일까. 그 젊은 선생은 더 이상 아버지를 설득할 생각이 없어진 듯했다. 어쩌면 씨알도 안 먹히는 사람이라는 판단이 섰는지도 몰랐다. 선생이 나가고, 죽은 듯이 파를 다듬던 어머니는 힐끔 가게 안을 돌아보았다. 그러고는 기름집 모퉁이를 돌아가는 선생님의 그림자를 바삐 따라잡았다. 그리고 그날 이후로 나는 어머니가 허리에 찬 전대에서 지폐를 꺼내 기름집에 건네주는 걸 종종 목격했다.

그리고 새해가 막 시작되는 무렵, 몇 달 만에 나타난 셋째가 저녁 밥상에서 조용히 내민 것은 일류 대학이라 할 만한 서울 모 대학의 합격 통지서였다. 몇 달 동안 셋째는 집에도 거의 들어오지 않았고, 아버지에게 대학 시험을 본다는 이야기도 하지 않았었다. 도대체 셋째는 어떻게 하면 아버지와 맞부딪치지 않을까만 궁리한 듯이 철저하게 아버지를 외면하고 살았었다. 그런데 느닷없이 셋째가 내민 합격 통지서라니. 그것도 대구나 부산이 아니라 서울의…… 국문학과.

아버지 눈가의 주름이 파르르 떨렸다. 얌전하고 말이 없는 셋째에게 뒤통수를 얻어맞은 아버지는 둘째조차 양보한 서울의 대학에 시험을 보고 합격까지 했다는 것에 분노를 터뜨릴 생각조차 못하고 있는 듯했다. 벌렁거리는 콧구멍에서 당나귀처럼 씩씩거리는 콧김만 들락날락거렸다.

"이렇게 좋은 대학에 형이 합격했단 말이지?"

허리가 휘어질 것 같은 무거운 침묵을 일부러 깨려는 듯 막내가 그 합격 통지서를 감격스러운 눈으로 훑어보며 너스레를 떨었다.

"우리 읍내에서 이렇게 좋은 대학에 들어간 사람은 여지껏 다섯 손가락에도 다 못 꼽을 긴데?"

"그 대학이 그렇게 좋은 대학이라?"

어깨를 잔뜩 웅크린 채 밥숟갈도 제대로 뜨지 못했던 어머니가 막내가 쥔 합격 통지서에 눈을 주며 끼어들었다.

"하믄요. 이런 대학은 졸업만 하믄 서울 좋은 회사에서 막 오라캐요. 월급도 많을걸요. 그리고 내일쯤이면 우리 학교에도 형이 이렇게 좋은 대학에 들어갔다고 플래카드로 크게 써 붙여 놀 거라요."

아버지는 잠잠했다. 그리고 그날 저녁으로 셋째의 대학 합격 소식은 온 시장 안에 퍼졌다. 아버진 땜장이와 막걸리를 받아 놓고, 자식 놈이란 게 아버지와 상의도 없이 대학에 시험을 보고, 그것도 서울까지 가겠다고 저리 뻗대니 무슨 수로 거기까지 보낼 것이냐며, 아무리 일류라 해도 어림없는 일이라고 펄펄 뛰었다. 그러나 정작 아버지가 화를 내고 있다고 믿는 사람은 없었다. 목청 큰 아버지의 목소리가 장바닥에 쩌렁쩌렁 울려 퍼져 나갔다. 가겟방은 금방 사람들로 꽉 차고 말았다. 나는 그들에게 자리를 내주고 가겟방 쪽마루에 앉아 쩌렁쩌렁 울리는 아버지의 호쾌한 걱정 소리와 사람들의 칭찬 소리를 들었다.

나는 그날 새벽 2시에야 가게를 닫을 수 있었다. 새벽 2시의 밤공기는 살을 에는 듯이 차가웠다. 희미한 별빛만 떨고 있는 천방 아랫길을 천천히 지나오면서, 나는 무심코 또 담배를 꺼냈다. 그러나 담뱃갑은 빈 것이었다. 나는 빈 담뱃갑을 얼음이 얼어 있는 빈 미나리꽝*에 버렸다. 그러자 갑자기, 정말로 갑자기 서러움이

미칠 듯이 복받쳐 올라왔다. 국문학과! 셋째는 국문학과에 합격한 것이다. 나는 달빛이 얼음판에 미끄러질 듯 고여 있는 미나리꽝 앞에 주저앉았다.

다음 날, 셋째는 이유도 밝히지 않고 서울에 가겠다며 집을 나섰다. 셋째는 당분간 오지 않을 거라며 무표정한 얼굴을 한 채 돌아섰다. 그사이 더 야위어 버린 얼굴에 어린 무표정은 섬뜩할 만큼 차가웠다.

셋째는 현명했다. 태풍 전에 출항하는 배에서 쥐들이 사라지듯 그렇게 사라진 것이다. 셋째가 떠난 날 저녁에 아버지는 불콰해진 얼굴로 나를 찾았다. 핏발이 선 눈에선 노기(怒氣)가 번쩍거렸다.

"셋째가 들어갔다는 과가 신지 뭔지를 쓰겠다는 그 과라?"

막내가 불어넣은 바람이 빠진 아버지는 콧구멍을 벌름거리며 씩씩대다가 아무 말도 못 하고 서 있는 내게 기차 화통 같은 욕설을 퍼부어 대기 시작했다.

"나보고 아까운 쌀을 팔아서 신지 애기꾼인지 호랑말코 같은 종자를 길러 내라꼬? 니는 장남이란 놈이 동생을 그런 데 시험 보게 내버려 뒀단 말이라? 그래, 나야 무식해서 그런다 치고 니는 알았을 게 아이가. 세상에 할 짓이 없어서 달 치다보고 노래하믄서 세월 보내는 짓을 하나? 그것도 비싼 쌀을 팔아 가믄서. 차라리 중놈은 목탁이라도 쳐서 여핀네들 등이라도 쳐먹지, 그놈의 글쟁

* 미나리꽝 : 미나리를 심는 논.

이는 뭣을 한단 말이꼬. 야그를 만들믄 누가 쌀처럼 사 준다고 하더나? 그래, 어쩌다 어느 시러베아들 같은 호사가가 사 준다 쳐도, 쌀처럼 안 사고는 못 배기는 그런 기 야그란 말이라? 절대 등록금을 내믄 안 된다. 니 어머니한테도 단단히 일러둬라."

아우들이 비우고 떠난 자리는 컸다. 둘째, 셋째, 그리고 누이가 날아가 버린 그 둥지. 그 빈 둥지에 애써 팔 벌려 서 있는 내게 아버지는 그 자리가 차고 넘치도록 욕설을 들이부었다. 그런데 어쩐 일인지 셋째는 감감무소식이었다. 등록금을 낼 날짜가 지났으련만 집에 내려올 기미조차 보이지 않았다.

어머니는 절 대신 열심히 기름집을 들락거렸다. 지난가을 셋째를 몰래 서울로 올려 보내고 난 뒤로도 여전히 아버지 몰래 가을철 도토리를 모으는 다람쥐처럼 전대에 돈이 고이기 무섭게 그리로 내달았다.

그 기름 냄새처럼 고소한 평화가 다시 찾아왔다. 어찌 됐든 셋째는 그날 이후로 집에 얼씬거리지 않았으므로 아버지도 나만을 상대로 화를 내는 데 지쳐 있었다. 그러나 아버지가 그 짙은 체념 혹은 묵인의 안개 속에 침몰해서 얌전해지자 발작 같은 우울이 나를 후려쳤다. 갑자기 쌀이 무거워지기 시작했다.

급기야 여름이 되기 전에 난 앓아눕고 말았다. 핼쑥한 내 이마 위로 뻐꾹새 소리가 뻐꾹뻐꾹 들렸다. 새끼를 키울 집도 짓지 않고 짝을 찾아 우는 그 새소리가 노랗게 울려 퍼졌다. 하지만 오랫동안 조금씩 면역되어 온 그 시에 대한 앓이와 우울은 이번에도 치사랑을 넘지는 못했다. 그 새소리를 들으며 꼬박 1주일을 누워 있다 푸슬푸슬 일어났다. 딱지가 떨어진 자리엔 언제나 새살이 오른다. 난 1주일 동안 누워 있던 깊은 동굴에 어머니에게서 물려받은 긴 체념의 사다리를 놓고 일상의 신작로로 돌아왔다. 나는 또다시 자전거를 끌고 시골 장으로 혹은 읍내 집집의 쌀독으로 돌아다녔다. 어머니는 내가 앓아눕고 있던 사이에도 여전히 기름 냄새를 몸에 바르며 부지런을 떨었고, 막내는 자전거 페달에서 묻어나는 용돈을 부지런히 챙겨 모았다.

그리고 남산의 정수리가 진녹색으로 실팍해져서 진종일 매미 울음소리가 끊이지 않을 무렵, 때 아니게 셋째가 나타났다. 아니, 용의주도한 그가 이제야 모습을 드러낸 것이다. 셋째는 더 이상 여릿한 샌님이 아니었다. 그리고 그날로부터 싸전에 나와 배달은 모두 도맡아 했다. 그러면서 틈틈이 아버지 들으라는 듯이 나에게 대고 자기는 시나 소설은 쓰지 않을 거며 앞으로 신문사나 방송국에 들어가는 것이 꿈이라고 했다. 셋째는 한 번도 아버지를 설득하지 않았다. 자기주장도 펴지 않았다. 그러나 과외하는 집에서 받아 왔다는 1주일 휴가를 마치고 돌아갈 때 아버지에게서 얼마인지 모를, 그러나 만만치 않은 액수가 담긴 봉투를 받아 갔다. 물론 크르렁거리는 큰기침을 잊지 않았지만, 이제 어머니는 기름집을 들락거리지 않아도 될지 모르겠다.

양곡 조합

자전거를 타고 나가면 멀리 왕신벌 너머로 아지랑이가 가물가물 피어올랐다. 자전거를 밟는 페달에 힘이 실릴수록 가슴이 뻐근하게 아파 왔지만, 머리는 개운했다. 온몸에 묻은 촉촉한 봄기운을 털어 내고 가게로 들어서려는데 누군가 나를 불렀다.

"어이, 길석이, 나 좀 봐."

조합장이었다. 그는 성큼성큼 앞서 걷더니 초원 다방으로 들어갔다.

"형님, 어쩐 일이껴?"

의아한 표정을 감추지 않는 내게 그는 담배 한 대를 내밀었다.

"자네 우리 조합 총무 할라나?"

"?"

"그래도 자넨 고등까지 공부했으니 우리 같은 주먹구구들보다는 나을걸세."

"글쎄, 아버지가 뭐라실지."

"에헤, 그 나이 먹도록 아직 아버지 눈치 보고 무슨 일 못 하믄 안 되지. 솔직히 하고 싶어 하는 사람 많은데, 내가 자넬 추천한 거야. 자넨 고등까지 했으니."

조합장은 중학교 선배로 이미 오십 고개를 바라보는 나이였다. 이 작은 읍에서 조합장이면 그래도 지역 유지 반열에 끼는 자리인 터라, 몸에 밴 거드름이 적당히 어울릴 나이이기도 했다.

"형식적이긴 하지만 그놈의 감사라는 것이…… 그래도 좀 알아야 이리저리 통밥을 굴릴 거 아냐. 영배가 그걸 영 못해."

그는 내가 머뭇거리자 천천히 뜸을 들여 가면서, 나를 추천한 이유를 설명했다.

"감사라는 게, 군(郡)에서 하는 거야 대강 넘기믄 되지만도. 명색이 합동 감사라고 대구에서 나오는 게 있는데 그래도 장부상으로 앞뒤가 맞아야지. 경찰이 하는 것도 있고. 사실 그렇게 깐깐한 것은 아니거든."

단체란 것이 자기들 이익을 얻자고 뭉치는 것이지만 떡 만지는 놈 고물 안 묻힐 수 없는 것은 동서고금 막론하고 같을 터였다. 그래서 진작부터 조합의 누가 무슨 짓을 했네, 뭐를 어떻게 빼돌렸네 하는 말이 나돌았었다. 하지만 난 그것이 문제가 아니었다. 조합장과 얘기를 해 가면서 어쩌면 아버지의 싸전에서 조금이라도 벗어날 것 같은 예감이 나를 들썩이게 했다.

내가 양곡 조합 총무를 맞고 얼마 지나지 않아, 시장이 소란스러웠다. 원래 군 소유의 땅을 임대해 건물을 올리고 장을 열었는데, 군에서 그곳에다 새로운 시장 건물을 세운다고 했다. 당장 우리 집만 해도 아버지가 길길이 날뛰었다.

"언 놈의 주둥이에서 나온 소리야. 시장이란 곳이 사람들 모이고, 원래가 질펀한 곳이지 새로 짓는다고 시장이 서울의 화신 백화점이라도 된단 말이라?"

아버지가 아는 가장 새로운 시장 형태란 것은 바로 옛날 종로 한 귀퉁이에 올려졌던 화신 백화점이었으므로, 80년대가 코앞인 지금 신세계나 미도파도 아닌 화신 백화점 운운하며 누구보다 큰 목소리로 분통을 터뜨렸다.

그러나 아버지의 걱정은 다른 세입자들의 밥줄 걱정과는 다른 것이었다. 분명 기존의 장터 질서가 무너지면 그동안 우리가 쥐고 있던 목, 돌을 구워 팔더라도 장사가 되는 그런 목을 놓칠까 봐 지레 큰소리를 탕탕 치며 기선을 제압해 보자는 것이었다. 그리고 어쩔 수 없는 관권에 밀려 시장 건물 철거가 확실시되는 쪽으로 기울자, 아버지는 더 이상 사람들의 무리에 끼여 있지 않았다. 제일 먼저 길 건너 중앙 약국 옆에 세를 얻어 놓고, 시장의 상권을 잡고 있던 야채전 정 씨, 건어물 집 김 씨네 등을 그 이웃에 세 들도록 바람을 넣기 시작했다.

"니가 번영회에 있으니까 우리 가게 목부터 정해 놓고 일을 시작해야 한다. 장사라는 것이 목을 잘못 쥐면 하루아침에 기우는 거라. 니가 나서거라. 니가 번영회 총무는 괜히 하는 기가? 돈도 안 생기는 일에 쎄 빠지게 힘을 보태믄 그만한 뭣이 있어야 하는 기 당연한 거 아이가. 그라고 보믄 니가 양곡 조합 총무 맡은 것도 전혀 잘못된 일은 아이다."

그러나 생각처럼 양곡 조합 일은 한량한 것이 아니었다. 그렇다고 벌새처럼 바쁘게 쏘다녀야 된다는 것은 아니었지만, 정부미를 배당받고 그것을 다시 분배하는 일이 매달 이루어졌고, 또 의료보험에 가입해서 그 일을 처리하는 것도 번거로운 일이었다. 하지만 그런 일들 중엔 심심치 않을 만큼의 수당들이 떨어졌고, 무엇보다 정부미를 지급하는 것엔 모험과 이익이 함께 따랐다. 정부에서 배당하는 정부미야 우리 회원들 앞으로 한 가마씩 배당하고 나면 여남은 가마 남는 것이 고작이었다. 그러나 그것으론 장사를 할 수 없는 게 실정이어서 과감히 대구까지 나가 직거래를 트고, 그 내역을 장부상 제로로 만드는 일을 해야만 했던 것이다. 하지만 그 무렵, 어디에선 그런 일들이 합동 감사에 걸렸네, 운송 도중 검문에 걸렸네 하는 근거 있는 소문들이 떠돌았다.

무슨 배짱이었을까. 이런 부분에서 난 아버지 피를 물려받은 것을 시인하지 않을 수 없다. 은밀히 천을 씌워 새벽이나 한밤중에 정부미 수송 작전을 펴던 다른 지역의 조합들과 달리, 나는 대낮에 쌀가마를 훤히 드러내 놓고 대구에서 우리 읍을 버젓이 드나들었던 것이다. 그렇게 들인 쌀을 정미소에서 한 번 더 도정 과정을 거쳐 어엿한 일반미로 둔갑시켰으므로 그 재미는 쏠쏠했다.

처음에는 아버지가 '장사라는 거는' 운운하며 나를 소도둑 보듯 길길이 나무라는 바람에 막상 우리 집엔 그 쌀을 들여놓지 못했다. 하지만 소비자들의 반응이 괜찮음을 감지해 낸 이후로 아버지의 잔소리는 어느새 뚝 그쳐 있었다.

그 무렵 아버지를 안심시킨 또 하나의 일이 있었는데, 말도 많고 탈도 많던 상가 자리 정하는 문제에서 우리는 그런대로 만족할 만한 자리를 따냈던 것이다. 우리는, 몇몇 재래시장에서 확실히 목 좋은 터에 있었던 집과 그 일에 적극적으로 참여한 사람들이 먼저 목 좋은 자리를 골라잡은 다음, 나머지는 제비뽑기를 하자는 것으로 의견을 모을 수 있었기 때문이었다. 어쩌면 내 인생을 통틀어 아버지 성미에 맞는 아들 노릇을 한 것은 이때가 유일하지 않았나 생각된다.

"영채 아버지요, 요즘 너무하는 거 아이껴?"

갈수록 입이 댓 발씩 빠져나오던 아내가 드디어 눅눅한 울음기를 삼키며 나를 끌어 앉혔다. 그날도 조합원들과 별일도 없이 한 차례 어울려 술 한잔 걸치고 밤늦도록 조선옥 뒷방에서 마작패들과 어울린 뒤였다. 직접 마작을 하진 않았지만 난 늘 2차로 벌어지는 그 판까지 따라붙곤 했다. 그냥 어울리는 것이었다. 시간은 이미 새벽 1시가 넘어 있었다. 평소 같으면 애들 뒷바라지와 콩나물

도가와 아버지의 끊임없는 잔소리에 녹초가 되었을 아내였는데, 오늘은 단단히 별렀는지 눈을 벌겋게 뜨고 앉아 있었다. 둘째 애를 낳고부터 둥근 얼굴에 살까지 붙기 시작해서 늙은 호박덩이만 한 아내의 얼굴엔 어떻든 결단을 내고 보자는 결연한 의지마저 곁들여 있었던 것이다.

"아들 깨게 왜 이카노. 자자, 자. 할 말 있으믄 낼 아침에 하거라."

일부러 혀 꼬부라진 소리에 은근히 짜증을 넣으며 옷 입은 채로 이불을 뒤집어쓰려는데, 아내가 이불을 확 낚아채며 호박덩이만 한 얼굴을 더 크게 부풀렸다.

"영채 아버지, 나 시집오고 이날 이때까정 호강시켜 달란 소리 했니껴? 내 겉은 여자 호강까지 안 바래도 영채 아버지 믿고 아버님 저런 성질 다 받아 냈는 거라요. 근데 요즘 당신이 아버님보다 더하믄 더했지 못 하진 않을 기시더. 도대체 콩나물 도가에 물 한 번 주기를 하나, 어쩌다 가게에 나가 보믄 삼촌이 배달 자전거를 끌고 오는 기 일이지 않나, 밤이믄 새벽 한두 시가 초저녁이고 술은 술대로 곤드레되고. 나는 이 집안에 종살이하러 들어왔니껴? 종 살 돈이 아까와서 나를 들어앉혔니껴. 지렁이도 밟으믄 꿈틀하니더."

최대한으로 절제된 아내의 잔소리를 들으면서도 조마조마했던 아내의 울음이 결국엔 지렁이 운운하는 즈음에서 훌쩍거리며 터지고 말았다. 한밤중에 터져 나온 아내의 울음소리에 조금 위축된

나는 얼른 아내의 어깨를 토닥이며 알았으니 그만 자자고 구슬렸다. 그러나 사태는 더욱 나빠져 갔다.

"아새끼 둘에 시동생 치다꺼리하고 가게에 밥 내가기도 바쁜데, 새벽부터 콩나물 도가 물 줘야지, 수시로 들락거리며 잔소리하는 아버님 뜻 받아야지, 어머님은 어머님대로 은근히 가리는 거 많아 타박하지. 나, 몸뚱이 하나시더. 이년의 팔자가 이리 드럽게 풀릴 줄 알았다믄 차라리 촌에 농사짓는 집으로 시집갔지, 이래 오지 않았니더. 그래도 촌에서 농사짓는 거보다 나을까 싶어 왔디만 이건 촌 머슴보다 더한 상머슴인 거라요."

아내의 푸념이 잠든 아이들 이마 위를 지나 마루 건너 동생 방까지 넘나드는 것 같아 나는 엉덩이를 들썩이며 "아들 깰라, 됐다"만 연거푸 주절댔다.

다음 날 새벽은 참담했다. 5시만 조금 넘으면 이마께가 훤히 밝아 왔으므로 아버지의 아침 발걸음이 점점 빨라지고 있었는데, 새벽이 되도록 이어진 아내의 타령 때문에 그만 깜빡 늦잠을 자고 말았던 것이다. 아버지의 크르렁거리는 기침 소리에 후닥닥 일어나 팬티 바람으로 마당을 가로질러 콩나물시루에 정신없이 물을 쏟아 붓고, 얼렁뚱땅 푸른 운동복 바지만 대강 꿰고 나와 마당을 쓰는데, 어쩐 일인지 아내가 보이지 않았다. 방에 들어가니 어쩐 일인지 아내는 아직도 이불 속에 자빠져 있었다.

"아프다고 하소. 종년도 쉬는 날이 있어야지요."

부신 아침 햇살이 방문턱에서 넘짓넘짓 야울거리는데, 아내는 머리끝까지 이불을 뒤집어쓰고 꼼짝도 하지 않았다.

"니 요즘 마작하나?"

가게에 들어서자 이마에 지렁이 네댓 마리 얹은 아버지가 대뜸 말을 던졌다.

"자고로 가화만사성이라고 했다. 사나자슥이 큰일을 해야 하는 거는 당연하지만도 제집 단속도 못하믄 말짱 황이다. 그것만큼 허무한 것도 없다."

허무. 이른 아침부터 아버지 입에서 나온 허무.

어쩌면 이것이었는지도 모르겠다. 누이가 집을 뛰쳐나가고, 어머니가 내림굿을 받겠다고 8월 땡볕에 말린 무말랭이처럼 홀쭉 비틀어져 누워 버린 날 이후로, 아버지의 어느 한구석이 비어 버린 듯했던 느낌. 그러나 절절이 느껴지진 않았다. 오히려 낯선, 지독히도 생경스러운 어떤 현상 하나에 맞닥뜨려 대책 없이 구경을 하는 기분이었다.

얼렁뚱땅 임시로 형성된 장터는 어쩐지 활기가 없어 보였다. 이미 장날이 되어도 예전처럼 사돈의 팔촌끼리도 악수하며 막걸리 한 잔씩 돌리는 일이 시들해지기 시작한 터이기는 했지만, 넓은 공터 가득 난전이 서고 공연히 술렁대고, 공연히 북적대는 맛이 없어진 게 못내 아쉬웠다. 물론 지금도 장날이 되면 대로변을 따라 장꾼들이 장을 펴지만 예전처럼 신이 나지 않았다.

다른 시골 장을 가도 풀기 없기는 마찬가지였다. 나날이 교통이 좋아져서 상설시장이 자꾸 늘어나기 때문이었다. 읍내에서 가까운 용문 장, 유천 장이 시들해지더니 요즈막엔 지보 장도 겨우 이름값이나 하는 형편이었다.

공사장에서 담배 한 대를 피우고 돌아올 때마다 아버지의 얼굴엔 그런 근심들이 조금씩 고이기 시작했다. 처음 도면으로 볼 때와 막상 공사에 들어가 땅을 고르고 칸을 가르는 것을 보면서 차츰 현실적인 것들이 피부에 와 닿는 얼굴이었다.

벌써부터 운영 위원회 누가 얼마를 해 먹었네, 누가 업자와 짜고 물건을 얼마 치 빼돌렸네 하는 소문들이 무성해도 아버진 시큰둥했다. 예전처럼 악을 쓰며 술판을 돌고 사람들을 선동하지 않았다. 본능적으로 새 시장이 주는 의미를 감지해 낸 탓일까. 대구에서 데려온 건축업자들은 늙은이들의 말을 들으려 하지 않고 서류상의 거래와 실질적으로 힘이 있는 단체장만을 원했다. 또 그들 중 누가 진짜 사장인지 알 수 없었다. 현장에서 대장질하는 놈을 눈여겨 뒀다 한마디할라치면 설계가 어떻네, 사장이 어떻네 하며 도무지 말도 못 붙이게 했던 것이다. 그러므로 상가 건물을 짓는 그들은 하늘 저 끝 구름 속에 얼굴을 처박고 있는 거인 같았다. 뒷집 누구네가 집을 새로 짓는 거하고는 달랐다.

"예전 같지가 않아."

예전에는, 아버지는 종종 예전이란 말을 입에 올리기 좋아했다.

심지어 우리가 콩나물 도가를 오래전부터 해온 듯이 '예전에는'이라는 말을 썼고, 예전에는 내가 꽤 쓸모 있는 장꾼이었다는 듯이, '예전에 니가 그런 일로 바쁘지 않을 때는'이라며 말끝마다 예전에를 끌어다 썼다.

하긴 예전의 아버지 입에서 어찌 감히 허무란 말을 들어 볼 수 있었을 것이며, 예전의 아버지가 이렇게 크게 벌어지는 일들 앞에서 일이 되어 가는 꼴을 얌전히 지켜만 보았을 것인가. 예전엔 내가 아버지의 싸전에서 한 발짝도 벗어나지 못하게 했을 것이고, 쌀이 좋은 풍천 장에 가서 장차에 남의 짐과 어울려 물건을 싣지도 않았을 것이고, 장날마다 핏국 앞에 놓고 마시는 막걸리도 이토록 밍밍한 맛이 아니었을 것이다, 예전엔. 아키바리* 아니면 쌀 축에 껴 주지도 않다가, 정미소에 슬쩍 한 번 더 갔다 온 밀양 23호를 밥맛 좋은 쌀이라며 뒷돈 챙기는 아들을 은근히 묵살하고 넘어가지도 않았을 것이다. 그런 아버지에게 예전은 당당함이었다.

또 예전이란 말을 자주 쓰는 사람은 아내였다. 아내는 말끝마다 예전에 당신은 이러지 않았다며 나를 몰아세웠다. 커피를 타다가도 예전에 당신은 커피를 마시지 않았다, 조합이니 뭐니 하면서 허풍 든 사람들과 어울려 다니더니 몸에도 좋지 않은 커피를 왜 그렇게 마시냐며, 커피 한 잔에도 '예전에'를 곁들여야 직성이 풀

* 아키바리 : 추정벼. 일본에서 도입한 벼 품종으로 밥에 윤기와 찰기가 있고 밥맛이 좋다.

리는 눈치였다.

"예전이나 지금이나 사람이 정 없기는 마찬가지지만, 그래도 예전엔 시골 장을 돌아다니는 거 외에는 싸전에 찰떡처럼 붙어앉아 있기라도 했자니껴. 그런데 요즘엔 끈 없는 연처럼 이리저리 너울거리며 돌아다니는 게 일이니 사람이 살겠니껴."

"예전엔 저녁 시간이 되믄 누구보다 먼저 쪼르르 달려오던 사람이 새벽 한두 시가 되도록 술로 배 채우기를 밥먹드끼 하는 게 술독이지 사람이니껴."

아내의 예전 타령은 시도 때도 없이 불쑥불쑥 내 코를 간지럽히며 알짱거렸다. 아내의 예전 타령에 나는 더욱 마작판 시중에 열을 올렸다.

하긴 장에 나오는 사람들도 예전 타령을 하긴 마찬가지였다. 비행장 때문에 들어온 젊은 군인 마누라들은 열무 한 단을 사더라도 깔끔하게 다듬어진 것을 샀고, 지천으로 널린 게 들의 꽃이건만 느닷없이 꽃을 파는 가게가 어디냐고 묻는 사람이 있는가 하면, 잡지에서 오린 그림을 들고 같은 옷을 찾는 손님도 있다고 수군거렸다. 그러나 장사꾼들은 예전 타령만 할 수 없었다. 열무를 기생 오라비처럼 반듯하게 다듬어 놓고 젊은 아낙들 눈치를 보았고, 옷가게 미스 김은 보쌈 자루만 한 가방을 들고 밤 기차를 타고 서울로 물건을 떼러 갔으며, 그릇 가게 송 씨네는 앞에 진열되어 있던 스테인리스 뱅뱅돌이 그릇이며 양은 찜통 들을 안쪽으로 들여놓고 꽃무늬가 박힌 도자기 그릇들을 진열해 놓기 시작했다.

그랬건만 장은 어쩐지 묵은 짠지처럼 활기가 없어 보였다. 모두들 예전의 늪으로부터 빠져나오려고 안간힘을 썼지만, 예전처럼 떠들썩하고 정답지가 않았다. 공사장에서 풀썩이며 날아오는 뿌연 먼지 속에 행여나 구닥다리 시골 장 냄새가 묻어 있을까 싶어 부지런히 닦고 물을 뿌려도, 어느새 먼지는 뽀얗게 시장을 덮곤 했다. 그러면서도 사람들은 애써 임시로 만든 시장에 조금씩 정을 들여 가고 있었다.

어느새 사람들은 저녁이면 공굴다리에 모여들기 시작했다. 이제 물에 들어가기는 너무 추웠다. 그저 삼삼오오 천변에 앉아 기타를 치며 노닥거리는 젊은 치들과 천변에서 잠 못 드는 손주 녀석들을 어르는 안늙은이, 초저녁부터 시작한 술자리가 갈수록 무르익어 가는 바깥노인들의 제각기 다른 음성들이 내를 따라 흘러 다녔다. 낮 동안 공굴다리 버드나무 밑에 앉아 공사장을 지켜보던 아버지도 저녁이면 또 한 차례 나가 상가 골조가 올라가는 것을 지치지 않고 바라보았다. 새 상가 재정 위원회니 뭐니 하며 몰려다니는 젊은 것들에게야 뒷방 늙은이에 불과하지만, 그래도 같은 또래를 만나면 하고 싶은 이야기, 건물 배치가 어떻네, 건축비 비용이 터무니없이 많네, 누구는 그 비용을 끝내 마련하지 못하고 누구에게 상권을 넘겨줬네 하며 비분강개하거나 넋두리할 이야기가 많았던 것이다.

농사 때려치우고 등짐장수로 몇 년 떠돈 후에 어렵게 자리 하나 마련하고 근 30년 넘게 지켜 온 자리가 아니었던가. 강산이 세 번 변하고도 남을 그 세월을 장바닥에서 보낸 아버지에게 이즈음은 인생이 또 한 번 바뀌는 것과 맞먹는 변화인 것이다. 그러므로 같이 술판을 떠돌며 싸움질과 욕설로 맺어진 친구들을 만나, 거품 일도록 이야기라도 하지 않으면 밀물처럼 밀려오는 헛헛함을 어찌할 수 있겠는가. 하지만 한편으론 상가가 되어 가는 꼴을 보면서 은근한 기대감도 없진 않았다. 번듯하게 지어질 2층 건물에서 장사를 하는 것도 멋진 일이기는 했다. 물론 배정받은 자리가 예상처럼 목이 좋다면 말이다. 사실 아버지가 아침저녁으로 공사장에 나앉아서 생각하는 것도 그림으로 보는 것과 실제 되어 가는 꼴을 보면서 우리가 잡은 자리가 정말로 중심지가 될 것인지를 가늠해 보자는 생각이 많았던 것이다.

새 상가에 대한 아버지의 기대와 근심에 맞물려, 아내는 아내대로 새 집에 들어갈 걱정이 많았다. 사실, 아직 결정된 것은 아무것도 없었다. 새 시장을 지으면 그 위에 살림집을 얹는다는 것이 다였다. 그런데도 아내는 그쪽으로 이사 가는 것을 당연시 여기고 있는 것 같았다. 아버지 성격으로 미루어 보아 구태여 2층을 놀리거나 그쪽을 세주진 않을 거라고 여긴 듯했다. 어차피 식구도 단출해진 마당이었다. 그래서 아내는 지성스럽게 겨우살이 준비를 했다. 옥상에 고추를 내다 널었던 때가 엊그제인 듯한데 벌써 호박이며 가지, 나물거리들을 매일 널었다. 2층 한쪽 벽에 치렁치렁 하게 걸어 놓은 무청은 어느새 누런빛을 띠며 꾸덕꾸덕 말라 가고 있었다.

시장은 이제 2층 골조가 거의 다 올라가기 시작했다. 그와 동시에 아버지를 감싸고 돌던 푸른 기운도 파닥거리며 다시 일어서기 시작했다.

그 첫째가 나를 단속하기 시작한 것이다. 번영회니 조합이니 하는 일에 나가는 것에 사사건건 참견을 하며 우리 가게가 제대로 지어지는지 나가서 지켜 서 있으라고 성화였다. 뭐든지 주인이 있으면 뭐가 달라도 다르다는 것이었다.

난 그런 아버지의 생각에 콧방귀를 뀌었다. 이제 내 머릿속엔 쌀가게를 훌쩍 넘어선 생각들이 들기 시작했다. 읍내를 어떻게 하면 좀 더 큰 자족 도시로 만들 수 있을까, 내〔川〕 너머도 과감히 개발을 해서 풍천 · 구담과 안동권과도 연계를 지어 발전시켜야 한다는 구체적인 밑그림, 이제 우리 읍은 더 이상 침체되어서는 안 되며 성장을 멈춘 늙어 가는 도시여서도 안 된다는 큰 생각들이 있었고, 조합의 난제들과 대구의 드센 도시 사람들이 다 들어 있었다. 하지만 그래도 가끔씩 나가서 인부들에게 담배를 권하며 참견하는 시늉을 했다. 다시 푸른 기운이 돌기 시작한 아버지와 정면으로 맞부딪쳐 봐야 좋을 게 없었다. 난 아직도 아버지의 눈을 정면으로 바라보지 못했던 것이다.

돌아온 누이

남산의 허리께에 물안개가 자욱하던 날, 대문 앞 미루나무 끝에서 까치가 유난스레 울어 댔다. 아내는 올 손님도 없는데, 누구네 집에 아침부터 손님 소식이 있나 보다고 중얼거리며, 집 안으로 들어섰다. 아내의 치마 끝에 찬바람이 묻어 있었다. 벌써 머리숱이 성성한 남산에는 찬바람이 돌았고, 내성천과 그곳에 발을 담그고 있는 남산을 바로 앞에 두고 있는 우리 집엔 계절이 늘 먼저 찾아왔다.

아내는 요 며칠째 공연히 걸음을 붕붕 날리며 심란해했다. 으레 그러리라 짐작은 했으면서도 막상 아버지 입에서 이 집을 세놓겠다고 하자 심란한 모양이었다. 따로 떨어져 살면서도 오만 가지 참견을 다 했는데, 함께 살면서 늘 부딪치면 오죽하랴 지레 걱정이 되는 것이리라.

"어이구, 이놈아야, 오늘 아침, 남산에 까치가 얼어 죽었다드나!"

춥다고 아직 이불 속에서 눈만 겨우 꺼내 놓고, 뭉그적거리는 영채에게 공연한 건짜증을 내는 것도 심란한 탓일 것이다. 아내는 영채의 옷을 챙기면서 슬며시 한숨을 내쉬었다. 상가 2층에는 작은 마루와 수도가 있는 부엌, 수세식 화장실 그리고 방이 두 칸 들여질 것이다. 그러므로 아래층 가겟방에 아버지, 어머니가 계시고, 2층 안방에 우리 가족, 그리고 그 옆방엔 막내가 있게 될 것이다.

다들 콩알 튀듯 자기 삶을 찾아 떠나고, 이제 마른 콩깍지마냥 부피가 줄어든 식구였다. 한순간에 와르르 터져 흩어져 버린 것도 아닌데, 이사를 생각하는 요즘에는 부쩍 그 많던 식구들이 다들 어디로 흩어졌을까 생각하곤 했다. 그러면서 누이 생각에 불현듯 목이 메곤 했다.

"원래, 이 집 여자들 대가 세다."

자파 고개 아지매는 심심하면 와서 누이 이야기를 끄집어냈지만, 누구도 선뜻 맞장구를 쳐 주지 않았다. 누이 이야기만 나오면 아버지는 어머니가 내림굿을 받기 위해 몸부림을 쳤던 일까지 싸잡아 우리 집 여자들을 헐뜯기 때문이었다.

"이사 가믄 콩나물 도가나 그만뒀으믄 좋겠는데……."

아내의 걱정은 늘 팔이 길었다. 벌써 콩나물 도가까지 그 걱정의 덩굴이 넘어간 모양이다.

"지금도 새벽에 일어나서 물 줄라믄 정신이 없는데, 신새벽에 이곳까지 와서 물을 준다는 것도 그렇고, 한두 시간마다 일 삼아 여기 와서 물 준다는 것도 여간 성가시럽지 않을 거라요."

나는 이렇다 저렇다 말을 하지 못했다. 어차피 내가 결정할 일이 아니었다. 이제 읍내 대부분의 식당들을 단골로 잡은 콩나물 장사는 쉽게 그만두기엔 아까운 상태였다. 아버지 기준으로 따지면 두 시간마다 10분 걸어 물 한 번씩 주는 것은 일도 아니었다.

저녁 무렵, 1층 가게를 대강 마무리하고 2층 바닥 고르기 작업을 시작하려는데 기름집 아줌마가 가게에 놀러 왔다. 큰 골조 공사만 대구에서 올라온 업자가 하고, 나머지는 각자가 알아서 방도 들이고 2층의 배치도 하기로 했었다. 그랬으니 집집마다 막바지 공사 때문에 눈코 뜰 새 없이 바쁠 땐데 마실 나온 것 같지는 않아서 잔뜩 궁금증이 일었다. 아니나 다를까, 갑자기 어머니의 목소리가 커졌다.

"뭐라꼬? 그게 사실이더나?"

"참말이에요. 우리 아가 청량리역에서 봤는데, 옷이 허름하기가 이루 말할 수 없더래요. 말을 붙일라니까 모른 체하고 뛰어가 버렸다더만."

"아이고, 이를 어예노, 어예노. 그래도 좇아가서 어디 있는지 말이라도 걸어 보지."

"글쎄, 같은 여자이기만 했어도 그랬을 긴데, 사내놈이니까 영 쑥스러웠나 봐요."

"정말 그렇게 누더기를 입고 있었다나?"

나는 질통*을 둘러메고 2층으로 올라가려다가 발을 멈추었다. 어머니는 얼굴이 사색이 되어 벽돌을 들고 있는 손을 벌벌 떨고 있었다.

"잘못 봤을 수도 있니더."

"아이라니까. 우리 철이가 분명 봤다는데도."

"그래도 옷을 뺀질뺀질하게 입지 않았다믄 이상한 데로 빠지지는 않은 모양이시더."

사실, 누이가 사라진 뒤로 누구도 섣불리 입을 열 수 없었던 이유 중의 하나는 그 예쁘장한 얼굴로 행여나 술집에 나다닐 것 같은 불안감 때문이었다. 안골의 누구 딸도 서울에서 공장에 다닌다

*질통 : 물통.

고 했는데, 나중에 알고 보니 다방 레지였다는 둥, 누구는 지난 설에 멋쟁이가 돼서 내려왔는데, 누가 서울에 있는 술집에서 보았다는 둥, 누이가 집을 나간 뒤로 그런 뒤숭숭한 소문들이 퍽도 무성했었다.

"참말로 야 말이 맞겠니더. 술집 지집아가 됐다믄, 찍고 바르고 얼매나 요란시러웠겠니껴. 아지매요, 나쁜 길로 빠지진 않은 모양이시더."

기름집 아줌마가 근심스러운 호기심만 잔뜩 남기고 가 버리자 어머니는 땅바닥에 주저앉았다. 그러더니 입고 있던 작업복으로 입을 틀어막은 채 꺼이꺼이 울기 시작했다. 지난번 내림굿 소동 이후로 어머니는 거의 감정 표현을 하지 않았었는데, 그동안 꽁꽁 뭉쳐 두기만 했던 감정의 똬리가 누이에 대한 실낱같은 소식 하나로 와르르 풀리는 모양이었다.

어머니는 2층에 있는 아버지를 의식해서 더 큰 소리로 울지도 못하고 자꾸 울음을 삭이려 드는데, 시원스레 터져 나오지도 못하고 마디마디 매듭져 나오는 울음소리는 그래서 더욱더 처량했다. 이런 어쭙잖은 소식을 전하려고 아침부터 까치가 그리 요란하게 울었던가. 나도 덩달아 허탈해져서 바닥에 앉아 담배를 피웠다. 자신이야 어떨지 모르지만, 아름다운 것도 부모 형제에겐 때로 불안한 것이다. 행여 얼굴값 하느라고 유혹에 넘어갔으려나, 못된 사내놈의 꾐에 빠지지나 않았나, 늘 마음 밑바닥에선 누이의 고운 얼굴과 한 덩어리가 된 근심이 꼬질꼬질 굳어 있었던 것이다.

어머니를 닮아 겁이 더럭 실린 커다란 눈망울과 갸름한 얼굴, 섬세하게 긴 코. 갑자기 누이가 미치도록 보고 싶었다. 2층 국어 선생을 사모해서 아침마다 운동복을 입고 통통통 뛰어나가던 누이, 그리고 제사 공장에서 지친 몸으로 돌아와서도 비틀스를 듣던 누이.

"아래에서 뭣들 하고 있노? 해가 짧아서 빨리빨리 해도 시원치 않을 긴데."

나는 화들짝 놀라 큰 소리로 "예, 갑니다" 하고는 2층으로 뛰어 올라갔다.

소문은 빨랐다. 다음 날 벌써 누이의 소문이 장바닥에 쫙 퍼졌다.

이상했다. 소문이 몇 바퀴 돌아서 또 다른 사람으로부터 누이의 이야기를 듣자, 내 신경은 명주실처럼 가느다래져서 금방 파르르 떨렸다. 그러면서 그동안 내 속에 고름처럼 단단하게 고여 있던 걱정이 얼마나 큰 것이었나, 새삼 확인받을 수 있었다. 그것은 단지 누이 하나를 걱정함이 아니라, 2층 선생과 얼크러진 걱정이었는지도 모른다. 아니, 과감하게 아버지를 떨치고 도망간 누이의 용기에 부러움과 질시가 함께 섞여진 불순함이었는지도 모른다. 그러면서도 이제는 그만 집으로 돌아와서 나와 따뜻한 커피를 마시며 함께 세상의 차가움에 대한 회한을 이야기했으면 좋겠다고 생각했다.

처음 누이의 가출이 알려지자 장바닥은 또 다른 소문으로 술렁거렸었다. 얼굴값이 그 요지였다. 누이의 미모는 많은 파장을 낳고 또 낳았다. 진즉에 누구누구와 눈이 맞았었다는 둥, 누이가 사라지던 다음 날 바로 누구네 집 아들도 없어졌다는 둥, 그동안 제사 공장에 다닌 것이 아니라 술집에 다녔는데 이번에 그것이 들통나는 바람에 야반도주했다는 둥, 그 2층 선생의 애를 배서 애를 낳으러 갔다는 둥…….

그렇게 떠돌던 소문이 해가 바뀌면서 점점 사그라졌었는데, 이제 또다시 장바닥에 누이의 소문이 질펀하게 깔리기 시작한 것이다. 그나마 초라했다는 그 행색 때문에 가정부와 공순이의 범주를 넘지 못하는 게 얼마나 다행이었는지.

그래도 소문은 손으로 떠벌리는 것이 아니어서 상가 건축의 끝손질은 늦춰지지 않았다. 다들 길 건너에 임시로 세 들어 사는 것이 불편했던 터라 혓바닥 빠지도록 열심히 일을 해 대는 통에, 또 그 남루한 옷차림이 주는 상상력의 한계 때문에 누이의 이야기는 더 이상 번져 나가지 못했다.

1층 시멘트 바닥이 얼추 굳어 가고, 방에 구들이 놓여지자 우리도 여느 다른 집처럼 가게부터 수습하기 시작했다. 그동안 세 들어 있던 건물에서 짐을 날라다 싸전부터 벌이고, 이어서 2층에 방을 들이는 작업을 시작했다. 그렇게 한 해가 훌쩍 지나가 버렸다. 언제 크리스마스 캐럴이 울렸는지, 언제 신정이 지나갔는지 통 기억에 없었다. 바야흐로 대망의 80년대 운운하는 온갖 소리도 아버지의 다그침 속에 묻혔다. 우리는 구정 안까지는 집을 마무리해야 한다는 일념으로 생전 처음 해 보는 집 짓는 일에 매달리고 또 매달렸던 것이다. 그런데 막상 집은 다 완성되었는데 살림집 세가 빠지지 않았다. 아버지는 그새 그것이 또 못마땅해서 크르렁거리며 나에게 직접 광고지를 써 내붙이라고 성화였다. 나는 마지못해 '전세 놓음'이란 글귀를 만들어 대문간과 아버지의 눈에 잘 띄는 전봇대에 몇 장 붙여 놓고 말았다. 어차피 설밑인 데다 한겨울이라 전세가 나갈 가망은 없었다.

그렇게 상가 2층이 다 완공되고, 설을 며칠 앞둔 어느 날이었다. 그날은 탐스러운 함박눈이 펑펑 쏟아졌다. 낮부터 내리기 시작한 눈은 저녁 무렵에 발목까지 눈이 차기 시작했다. 어둠이 내렸지만, 차마 어둠으로도 다 덮지 못한 그 희디흰 눈. 눈밭에 내린 어둠은 남청빛이었다. 남청빛 읍내 허공에 컹컹 개 짖는 소리가 울려 퍼졌다. 나는 술 한잔 걸치자는 친구를 뿌리치고 일찌감치 마루 끝에 앉아서 마당에 쌓이는 눈을 하염없이 바라보고 있었다.

문득 잠시 있다 간 2층 선생의 방이 그리워졌다. 싸구려지만 카펫이 깔리고 두꺼운 방한용 커튼이 쳐진 방 안에선 연탄난로가 빨갛게 익어 가고 그 위에서 양은 주전자가 씩씩 더운 김을 쏟아 내던 그 방. 누이가 그토록 머물고 싶어했던 그 방. 책이, 낭만이, 젊음이, 자유가 있던 그 방.

"어, 형님요, 마중 나온 거니껴?"

서울에서 대학을 다니고 있는 셋째였다. 아니, 오, 맙소사! 누이까지.

누이 뒤로 상기된 표정이 역력한 어머니가 팔토시도 끼지 않은 맨팔을 휘저으며 따라 들어왔다. 어머니는 늘 팔이 시렵다며 가을이 되면서부터 팔토시를 끼고 살았다.

"순……."

뒷말을 채 뱉을 여유도 없이 나는 물고 있던 담배를 토방에 떨어뜨리고 일어섰다. 정말 누이가 왔다. 소문대로 남루한 스웨터 하나만 달랑 걸친 누이의 얼굴이 불빛 아래 서 있었는데 배시시 웃는 얼굴에 생기라곤 하나도 없었다.

자려고 내복 바람으로 있던 아내도 놀라 화들짝 뛰어나왔는데, 대뜸 왜 이리 야위었느냐며 두 손을 맞잡고 울먹이기부터 했다.

"그동안 을매나 고생했드나."

"고생은 뭐."

바싹 마른 웃음을 흘리는 누이를 붙잡고, 어머니는 또 눈물을 찍어 냈다.

"이것아, 이 독한 것아. 밥은 안 굶고?"

"요즘 세상에 누가 밥을 굶니껴. 나 고생 하나도 안 했니더."

"그래, 우예 그동안 소식 한 자도 없었드나 잉?"

애타는 어머니의 눈빛과 달리 핼쑥한 누이는 담담했다. 자꾸 눈가를 찍어 내며 울먹이는 어머니의 손을 꼬옥 쥐었다. 나도 덩달아 빽빽해지는 목울대를 누르느라 자꾸 침을 삼켰다.

"아버지는?"

"뵙고 오는 중이야."

"뭐라시더노?"

그러나 누이는 또 그냥 웃고 말았다. 누이의 그 웃음은 바삭거리는 마른 풀잎 같아서 더 애처로웠다. 더 퀭해진 눈과 더 높아진 코 때문일까. 그런 누이를 쳐다보고 있는 것만으로도 나는 현기증이 일었다. 나는 밤새도록 누이와 이야기하고 싶었다. 누이가 좋아하는 비틀스를 틀어 놓고, 흰 눈이 소복소복 쌓이는 마당을 내다볼 수 있게 문도 열어 놓고 커피도 한잔. 그러나 어머니는 누이가 피곤하겠다며 서둘러 이불을 폈다.

누이의 방에선 밤늦도록 비틀스가 흘러나왔다. 두두둑 두두둑, 먼 데서 눈을 이기지 못하고 부러지는 나뭇가지 소리와 사그락거리며 휩쓸리는 흰 눈 소리와 그리고 누이의 방에서 낮게 흘러나오는 비틀스 소리.

다음 날, 누이는 늦잠을 잤다. 양곡 조합 일로 군청에 들어갔다가 집에 들렀을 때, 누이는 2층에 있었다. 이제는 휑하니 빈 채로 있는, 온기가 식은 그 방을 둘러보고 나오는 중이었다. 내가 잘 잤냐고 물었을 때 누이는 또 웃으며 고개를 끄덕였다.

"그래, 아주 내려온 거라?"

사실은 어제저녁에 제일 먼저 묻고 싶은 말이었다. 단지 몇 년 만에 설이라고 들른 것이 아니라 이제는 집에 있겠노라는 대답을 듣기를 원했는지 모른다. 그러나 누이는 빙긋 웃으며 고개를 살래 살래 저었다.

"그래, 소식 한 자 없이 그동안 어디서 뭐 하고 있었드나?"

"그냥, 여기저기."

"솔직히 말해 봐. 왜 나갔더노?"

여전히 바싹 마른 웃음만 보이는 누이.

"2층 선생 때문에?"

"흐흐흥."

오랜만에 누이가 바싹 마른 미소 대신 큰 소리로 웃었다. 그러나 그의 얼굴에는 밝음이 아니라 쓸쓸함이 고여 있음을 나는 놓치지 않았다.

"틀린 말은 아니시더."

누이의 눈이 남산으로 갔다.

"우리 집만큼 좋은 곳이 없는 것 같니더. 그 선생도 그랬었지요."

"가끔 나도 그 사람 생각을 하지."

"나도 그러니더. 하지만 오빠가 생각하는 그런 식은 아이고요. 단지 뭐랄까…… 난 내가 형편없이 초라하다는 걸 알았니더. 그 선생을 거울로 나를 돌아보게 된 거시더. 난 그동안 아버지가 하라는 대로만 하는 아이였자니껴. 그러다 문득 다 큰 나를 본 거라요. 이제 내가 책임져야 하는 나를."

"그래서, 그렇게 온 가족의 마음을 아프게 하면서…… 초라한 너를 벗어던질 수 있었드나?"

"아직은 잘 모르겠니더. 하지만 난 최선을 다했니더."

"어떻게?"

나는 가슴이 두근거렸다. 왜 그러는지 모르겠다. 어쩌면 내가 끝내 포기하고 만 꿈을 누이가 찾았다고 선언할까 봐 두려웠는지도 모른다. 아니, 그런 말을 기대하고 있는지도.

그러나 누이는 건조한 웃음을 지으며 그만 내려가자고 했다. 누이는 친구네로, 나는 다시 가게로 돌아왔다. 설이 코앞이어서 정부미가 많이 팔렸다. 셋째는 벌써 다섯 번째 배달을 갔다 왔다며 가겟방에 큰대 자로 누워 있었다. 설에는 가래떡을 빼기 위해 정부미를 많이 사 갔다. 좋은 쌀로 떡을 빼면 더 희고 윤기도 나지만, 아직 가정 형편들이 그렇지 못했다. 그런 데다 내가 양곡 조합 총무를 맡았답시고 좋은 정부미를 많이 배정받았기 때문에 사람들은 일부러 우리 집에 오곤 했던 것이다. 그것 때문에 아버지는 내 감투를 조금씩 좋아하기 시작했다.

"사람들이 밀양 23호만 찾니더."

내가 가게로 들어서자 큰대 자로 누웠던 셋째가 무겁게 몸을 일으켰다.

"그건 벌써 다 예약으로 나가 뿐졌다."

나는 그 쌀은 제일 좋은 정부미라 일반미와 7대 3으로 섞어서 팔기 때문에 더 부족하다는 말을 삼키고 말았다. 그 대신 은근히 내가 총무라서 그나마 많이 배정받았는데도 그렇다며 불만 아닌 불만을 슬쩍 늘어놓았다.

"하여튼 최고 위부터 밑바닥까지 이권이 닿는 데는 다들 그 모양이라니까. 이러니 정치하는 놈들만 나쁘다고 데모할 일이 아니라요. 스스로 투명해져야지."

"그럼, 백 프로 봉사가 어디 있드나. 너도 사회에 나와 봐라. 어떻게 유리알처럼 투명하게 살 수 있드나."

동생의 말에 나는 이렇게 받아쳤지만, 쥐뿔도 없이 적당히 똥물을 묻히면서 나이만 먹어 간다는 자괴감에 속이 쓰렸다.

"순자는 어떻게 만나서 같이 왔드나."

나는 화제를 돌리고 말았다.

"저기 하리 골탱이에 사는 상수란 놈 있자니껴, 그놈아가 얘기해 줘서 알게 됐니더. 찾아가 봤더니, 답십리 골방에 있더라구."

"뭐 하고 있드나?"

"뭐, 요오꼬라나, 편물이라나. 잘 모르겠니더. 기계로 스웨터를 짜는 가내 공업 하는 집에서 먹고 자고 한 모양이시더."

난 너무 실망했다. 그래도 바싹 마른 그 웃음 속에 뭔가 있을 줄 알았다. 그런데 겨우 남의 집에서 스웨터나 짜 주고 있었다니. 나

는 헛웃음을 삼켰다. 그게 한계였던가. 나는 측량사 자격증이라도 따서 날개를 달아 보려 했건만 곧 추락하고 말았었다. 그런데 누이는 남의 집에서 편물을 짜 주면서 날개를 달려고 했었다니. 아니, 아버지 그늘만 벗어나도 이미 날개를 단 것이라고 여겼는지 모르겠다.

아버지, 다들 아버지 그늘을 벗어나고 싶어했다. 그러나 누구도 아버지 그늘을 벗어난 사람은 아직 없다. 다만 둘째만이 아버지의 그늘과 양지를 오가며 조금 자유로웠을까. 아니다. 탯줄로 어머니와 연결되었던 그 순간부터 우리는 영원히 아버지의 그늘을 벗어날 수 없을지 모른다. 탯줄이 끊겼다고 막바로 독립해서 살아가는 것이 아니듯, 아버지의 손길이 미치지 않는 곳에 있더라도, 취직을 해서 자기 살림을 살고 있더라도 우리는 늘 아버지의 그 기침 소리를 들어야 할지 모르겠다. 이제는 깨달아야 하리라. 아버지의 그늘을 벗어나는 것이 문제가 아니라, 아버지와 화합하면서 살아가는 방법이 무엇인가를. 이미 지울 수 없이 선명하게 그려진 밑그림에 어떻게 조화롭게 새로운 그림을 첨가해야 할지, 어떤 색깔을 입혀야 할지. 어쩌면 아버지도 아버지의 아버지로부터 도망치고자 했던 날이 있었을 것이다. 그 아버지의 아버지의 아버지도. 또 그 아버지의 아버지의 아버지의 아버지도.

나는 애써 마음을 고쳐먹었다. 그러자 누이에게 연민이 느껴졌다. 건조한 웃음밖에 지을 수 없었던 누이를 이해할 수 있을 것 같았다. 그는 나와 동지다. 날개를 달려고 하다가 실패한 동지. 오누이보다 동지라는 말이 어쩐지 더 살갑게 느껴졌다.

섣달 그믐날 저녁, 우리는 다같이 둘러앉아 떡을 썰었다. 신발을 좋아하는 귀신이 집어 갈세라 벌써 신발들을 다 집 안으로 들여놓고, 숫자 세기 좋아하는 귀신이 쳇구멍을 세다 날이 새서 쫓겨 가라고 체도 걸어 놓았다. 영채는 잠을 자면 눈썹이 하얗게 된다는 소리에, 아까부터 꾸벅꾸벅 졸고 있었다. 그래도 눕히려고 손을 대면 기겁을 하고 깨서는 안 잔다고 칭얼거렸다.

오랜만에 아버지도 가겟방을 비우고 건너오셔서 텔레비전을 보고 계셨다.

"저, 아버지요."

실컷 영채를 놀리느라 하하 호호거렸던 셋째가 어렵게 말을 꺼냈다.

"이번 학기에 저 군에 자원입대할라이더."

"그래라. 언제고 갈 긴데 아무 때나 가믄 어떻노."

아버지는 흔쾌히 승낙하고 다시 텔레비전을 보았다. 그러나 셋째는 여전히 굳어진 얼굴로 미적거리고 있다가 누이를 한 번 쳐다보고는 다시 말을 꺼냈다.

"그래도 학비는 그냥 주셨으믄 좋겠니더."

"뭐라? 요즘에는 군대도 학비 받나? 야가 지금 무슨 소릴 하노. 그러잖아도 저 상가 건물 짓느라고 돈이 쪼들려서 니 군대 간다는 소리가 반가운데."

순간 셋째와 누이의 눈이 절망스럽게 얼크러졌다가 풀어졌다.

"저기요……."

"됐어, 그만 해."

순간 누이가 셋째를 보며 눈을 찡긋하고는 고개를 살래살래 저었다.

"뭐가 돼. 아버지!"

셋째가 무슨 대단한 결심이라도 한 양 기침까지 하며 아버지를 불렀다.

"실은 누나가 대학에 합격했다 아입니꺼."

"뭐라? 대학?"

"예, 일하믄서 혼자 대학에 합격했다이더. 그것도 간호 대학이라니 졸업만 하믄 돈은 잘 벌 거시더."

"누가? 니 누이가?"

우리 모두는 떡을 썰던 손을 놓고 셋째와 누이를 번갈아 쳐다보았다. 누이는 우리의 눈빛이 버거운 듯 떡에 눈을 내리깔고 계속 썰었다. 한참 뒤에야 크르렁 하는 아버지의 기침이 터져 나왔다. 아버지가 가겟방으로 나가 버리시고, 나도 그 뒤를 따라 마당으로 나왔다. 잔뜩 흐린 하늘이 별 하나 없이 컴컴했다. 나는 담배에 불을 붙였다. 담배 연기가 깊숙이 빨렸다. 난 오래도록 그렇게 마당에 서 있었다.

설날 아침이었다. 밖에는 싸락눈이 싸그락싸그락 내리는데, 햇살이 금빛으로 눈부시게 퍼졌다. 언제나 그랬듯이 우리는 아침에 아버지께 세배를 하고 곧바로 큰댁으로 가야 했다. 그곳에서 차례도 지내고 집안 어른들께 세배도 할 것이다. 그런데 어젯밤에 아버지가 가겟방으로 가 버리셨기 때문에 우리는 가게로 갈지 아버지가 오시길 기다릴지 모두들 내 눈치만 보았다. 나는 영채를 가게로 보내 아버지를 오시게 하려다가 우리가 가게로 나가기로 했다. 그러나 가는 도중에 아버지를 만났다. 아버지는 어차피 한복을 갈아입으셔야 된다며 집으로 돌아가라고 손짓을 하셨다. 나는 멀리에서라도 아버지의 기분을 살피기 위해 손차양을 만들어 보았으나 별 표정은 없으셨다. 세배를 마치고 아버지를 선두로 해서 우리는 큰댁으로 갔다. 그곳에서 떡국도 먹고 윷놀이도 한판 벌어질 것이다.

“야가요, 이번에 대학에 들어갔니더. 그것도 간호 대학이라니까 졸업만 하믄 간호원이 된다 캐요. 지 혼자 힘으로 했다이더.”

차례와 세배를 마치고 떡국 상을 받았을 때였다. 아버지가 친척들이 모두들 모인 자리에서 말을 꺼냈다. 모두들 그래, 하며 놀란 눈으로 누이를 보았고, 누이는 고개를 숙인 채 빙긋 웃기만 했다.

나는 막 떡국을 뜨다가 놀라 아버지를 바라보았다. 아버지의 얼굴엔 주름살 골골마다 대견스러움이 가득했다. 그리고 이내 아버지의 자식 농사가 잘됐다는 칭찬과 친척 어른들의 부러움, 감탄 등등으로 수저질을 하는 아버지의 손길은 힘찼다. 아버진 얼른 상을 물리고 윷판 한번 푸지게 벌이자면서도 어머니보고 가게로 다시 돌아가라는 말을 잊고 있었다. 언제나 우리 집 가게는 1년 365일 닫는 법이 없었건만. 나는 떡국을 뜨는 둥 마는 둥 하고 밖으로 나왔다.

“오빠, 미안해.”

누이가 옆으로 와서 내 손을 슬쩍 잡았다. 누이는 나에게 미안하다고 했지만, 무엇이 미안하단 말인가. 그러나 나도 모르는 그 무엇이 가슴 저 밑바닥에서 울컥 치밀어 올라, 목울대가 빽빽하도록 억지로 밀어넣었다.

"무슨 미안. 잘했다. 아버지가 학비 안 주시겠다믄 내가 뻥땅을 해서라도 대 줄라고 했더니, 오늘 아버지 하시는 거 보니까 대줄 것 같더라만. 어쨌든 축하한다."

어느새 소문은 동네 한 바퀴를 다 돌았는지, 가는 곳마다 누이가 화제였다. 지집아가 대학까지 갈 필요가 있겠느냐, 너무 많이 배워도 팔자가 세다는 일부의 걱정도 있었지만, 어쨌든 그동안 떠돌던 온갖 소문들을 한 방으로 멋지게 날려 보낸 누이의 대학 합격 소식은 사람들을 놀라게 하기에 충분했다. 더구나 간호사가 되는 그런 대학이라니. 금의환향한 누이의 등 뒤에서 어영부영 세배꾼 노릇을 끝내고 우리는 큰집 마당에 윷놀이 판을 벌였다. 마당 한켠에 가마니를 깔고 멀리서 던지는 윷놀이였는데, 나는 윷판보다 술상 앞에 더 많이 앉아 있었다. 얼마큼 마셨는지 마셔도 마셔도 취할 것 같지 않았다. 그러다 슬며시 빠져나와 잠이나 자자고 집으로 들어갔는데, 집엔 작은놈과 아내가 있었다.

"같이 어울리지, 여기서 뭐 하노?"

"그냥."

아내의 표정이 심드렁했다.

"아버님 말이시더."

"아버지가 왜?"

"다들 서울로 대구로 대학 보내시믄서 왜 유독 당신만 붙잡고 놔주질 않니껴?"

"그때하고 또 다르지. 세월이 다르잖는가."

"첫."

더 이상 할 이야기도, 하고 싶은 말도 없어서 나는 취기를 핑계 삼아 방에 이불을 폈다. 자리에 눕자 황사 같은 현기증이 가슴패기에서 뱅뱅 도는데, 정신은 더 또록또록해졌다. 아버지에게 나는 무엇이었을까. 아까부터 꼭꼭 재어 두었던 것이 울컥 쏟아져 나왔다. 제일 먼저 아버지의 아들이 되었다는 것이 나에게 무슨 의미가 있는 것일까, 아버지에겐 어떤 의미가 있는 것일까. 원래 동서양을 막론하고 첫 번째 잉태된 것은 무엇인가에 바쳤었지. 신에게든 가문에게든. 나는 누구의 제물이 된 것일까. 그러나 설령 이제 와서 나를 놓아준다 한들, 제물로서 진을 다 빼앗긴 나는 어디서 무엇을 할 수 있단 말인가. 더 이상 떼를 써볼 무엇도 남지 않은 나에게 자유란, 날개란 무슨 의미가 있을까. 그런데 아내는 날개를 달고 싶은 눈치다. 화석이 되어 버린 날개를.

나는 몸을 뒤척여 모로 누웠다. 그러나 잠이 안 오기는 마찬가지였다. 이리저리 몸을 굴려 보다가 벌떡 일어나 담배를 물었다. 윷판이 끝났는지 우르르 몰려오는 소리가 들렸다. 나는 얼른 담배를 비벼 끄고 자리에 누웠다. 나는 술에 취해 인사불성 잠을 자는 사람이니까.

날개의 그늘

아르바이트 자리를 알아보겠다고 누이가 다시 서울로 떠나고, 셋째는 군대에 갔다. 그리고 우리는 이사를 했다. 정월 대보름이 지나고 보름 뒤의 일이었다.

나는 다시 조합 일로 바빴다. 그러나 날이 갈수록 아내의 불만은 커져 갔다. 새 상가 2층으로 이사를 온 뒤로도 콩나물 도가의 일을 그만두지 않은 데다, 크르렁 하는 큰기침 대신 '영채야' 하는 소리가 나기 무섭게 어디에 있든, 무슨 일을 하든 목이 터져라 '예' 하고 쪼르르 달려가지 않으면 불벼락이 떨어졌던 것이다. 심지어 화장실에 앉아 있다가도 아버지가 '영채야' 하고 부르면 옷도 다 입지 못한 채 달려가야 한다고 푸념이었다. 나는 그런 아내 보기가 민망해서 되도록이면 조합 사무실에서 늦도록 시간을 보냈다. 배달할 일이 있으면 전화가 오거나 어머니가 오셨기 때문에 굳이 나까지 가게에 붙어 있을 이유도 없었다. 그렇다고 조합 사무실에 나가 앉아 있는 것이 편한 것만은 아니었다. 조합이랍시고 마련한 사무실에는 탁자와 소파 몇 개 그리고 책상이 전부였는데, 그곳에선 늘 술 아니면 화투판이 벌어지게 마련이었다. 나는 그런 잡기를 좋아하는 편이 아니었기 때문에 앉아서 구경을 하거나 잔심부름도 해 주면서 시간을 보내기 일쑤였다. 또한 전혀 그 판에 끼어들지 않으면 원만하게 어울릴 수도 없어서 어쩌다 한두 판씩 끼고 나면 늘 쌀 한 말 값을 잃고 말았다.

그날은 하루 종일 비가 오락가락했다. 그래서 가게에서 나를 부르는 소리도 없었다. 비가 오면 정말 쌀독에 쌀이 없는 사람 빼고는 쌀 배달을 다음 날로 미루기 때문이었다. 다들 출출했는지 라면 한 개씩을 끓여 먹고 또다시 두 번째 화투판이 벌어질 즈음, 나는 밖으로 나왔다. 비는 여전히 부슬거리며 내렸는데, 또다시 벌어진 화투판에 낄 기분도 아니었다. 나는 조금 전에 몇 판 끼여 봤다가 이미 쌀 한 말 값을 또 날리고 말았던 것이다. 그러나 막상 갈 곳이 마땅치 않았다. 학교 다닐 때처럼 자전거 타고 비 오는 왕신벌을 달리고 싶다는 생각도 들었지만 왠지 처량했고, 일찌감치 집으로 돌아가자니 명령 대기자처럼 초조하게 웅크리고 앉아 있을 꼴도 싫었다.

"어머, 박 사장님!"

누군가 내 팔을 낚아채며 곁에 바짝 붙었는데, 화장품 냄새만이 아니라도 자기의 젖가슴을 턱 내 팔에 붙이며 따라붙는 꼴로 봐서, 나는 과부 집 여자라는 것을 알았다.

"아니, 처량하게 비를 맞으며 어딜 가세요? 역시 시를 쓰는 분이라 달라."

그러면서 그 여자는 나를 자기네 가게로 끌고 갔다. 울적하고 한기까지 들었던 터라 난 아무 저항 없이 그녀를 따라 안으로 들어갔다.

"무슨 생각을 하며 가길래 두 번씩이나 불러도 몰라요."

막걸리가 담긴 양은 주전자와 김치를 옆에 놓으며 그녀가 파도 같은 웃음을 날렸다. 엉덩이부터 쭉 빼서 내 앞자리에 앉는 모습이 수줍음을 타는 새댁 같았다. 오늘 자세히 보니 30대는 족히 되어 보였다. 어느 땐 20대 초반인가 했다가 지난번 조합장이랑 왔을 때는 20대 후반쯤으로 보였는데, 오늘은 30대 초반으로 보이니 이 여자의 나이를 좀처럼 알 수가 없었다.

"미당을 좋아하세요?"

"?"

느닷없이 나온 미당이란 말을 나는 마당이란 말로 들었다. 그러나 이내 그것이 미당이란 사실을 알고는 며칠 전 내 귀에 대고 속삭였던 말을 떠올렸다.

"한때 나는 밥 먹는 것도 잊고 시집을 들여다봤지요. 하지만…… 끝났어요."

그녀가 젓가락으로 김치를 되작거리며 남의 말을 하듯이 서두

마포
빈대떡

를 꺼냈다.

"미당이 날 이렇게 망쳤지요."

"그게 무슨 얘기껴?"

"아니에요. 이런 얘길 하면 술집 작부들의 싸구려 신세 한탄이 나 나올 뿐이에요."

그러면서 미당의 「기다림」이란 시 앞부분을 읊었다.

> 내 기다림은 끝났다.
> 내 기다리던 마지막 사람이
> 이 대추굽이를 넘어간 뒤
> 인젠 내게는 기다릴 사람이 없으니

"또 이런 시를 아세요?"

> 선운사 고랑으로
> 선운사 동백꽃을 보러 갔더니
> 동백꽃은 아직 일러 피지 않았고
> 막걸리 집 여자의 육자배기 가락에
> 작년 것만 시방도 남았습디다.
> 그것도 목이 쉬어 남았습디다.

"호호호. 난 목쉰 소리로도 육자배기 할 줄 모르는 사이비 막걸리 집 여자죠."

"난 다 잊어뿌렀니더."

"난 그냥 잊히지가 않네요. 잊었다니, 행복하겠군요."

"기다림이 끝났다믄서요?"

"미당을 끔찍이 좋아했던 한 남자가 있었지요……. 하지만 그는 날아갔어요. 싸구려 연애 같죠. 하지만 진실은 싸구려처럼 보일 때가 많아요. 포장하지 않으니까요."

"죽었니껴?"

"그냥 날아갔어요."

그리고 그녀는 입을 다물었다. 나도 할 말이 없었으므로, 둘은 그냥 말없이 술만 마셨다. 얼마를 그렇게 마셨는지 모르겠다.

"술맛 안 떨어졌지요? 오늘은 내가 산 거예요."

"아입니더. 내가 내야지요."

"다른 사람들은 내가 이러면 술맛 떨어진다고 다들 도망가거든요. 우리 언니 보면 또 발작했다고 날 죽이려고 할 거예요."

그녀는 나를 서둘러 내쫓았다. 그 뒤로 나는 그녀를 찾는 날이 많아졌다. 아침나절이나 저녁 늦게 그녀의 동업자인 언니가 없는 시간대를 골라. 가서 그녀가 띄엄띄엄 들려주는 미당의 시 한 구절을 듣고 두 시간쯤 말없이 술만 마시다가 왔다.

그러던 어느 날 밤, 그녀는 나를 잡고 늘어졌다. 별말도 없이 막걸리 한 사발을 놓고 한 시간쯤 앉아 있더니 너무 외로워서 술도 마실 수 없노라며. 우리는 자주 하나가 되었고, 자주 바다를 꿈꾸었다. 그녀는 '아름다운 배암*'이었다. '무언의 해심(海心)으로 홀로 타오르는*' 바다였다.

"난, 이제 초록 재와 다홍 재로 변할 수 있어요."

"미당의 「신부」에 나오는 그 재?"

"내 나이가 스물한 살로 죽어지는가 했어요. 이젠 나이를 먹을 거예요. 그래야 잊지요. 정말로 육자배기나 질탕하게 부를 줄 아는 막걸리 집 여자가 되든지, 뭐가 되든지……."

그 뒤로 여자는 시를 외우지 않았다. 그러나 그 여자가 꼬부라진 목소리로 조용필의 「창 밖의 여자」를 불러도 내게는 그것이 육자배기로 들렸다.

그날도 가쁜 숨을 몰아쉬며 어둠의 바닷속에 누워 있을 때, 그 여자가 입을 열었다.

"엊그제 아주머니가 다녀갔어요."

올 것이 왔다고 생각했다. 아내가 눈치 채고 있다고 어렴풋이 느끼고 있었다.

"……이상하죠? 부끄럽지가 않았어요……. 미안하다고 했어요."

* 서정주의 시 「화사」에서.
* 서정주의 시 「바다」에서.

그녀가 내 가슴속으로 파고들어 왔다. 그녀의 숨결이 내 턱을 간지럽혔다. 난 그녀를 꼭 안았다. 여름밤의 더운 열기가 방 안에 가득했지만, 우리는 그대로 있었다.

"아범, 너 이리 앉거라."

난 가슴이 철렁했다. 목줄기로 땀이 흘러내렸다. 드디어 아버지 귀에까지 들어간 게 분명했다. 아버지의 착 가라앉은 목소리가 심상치 않았다. 아버지는 더운 여름에 방 안에 앉아 계셨다. 나는 쭈뼛거리며 방으로 들어가 무릎을 꿇고 앉았다. 그러나 아버지는 내가 앉고도 한참 동안 아무 말이 없으셨다. 그러더니 크르렁 한 번 기침을 하고는 입을 떼었다.

"남자가 그럴 수도 있다. 하지만 니 안사람 모르게 해야지. 자고로 집이 편치 않으믄 만사가 어림없는 법이다. 그래, 마누라 하나 간수도 못하믄서 엳눈질하믄 쓰나?"

"……."

"가 봐라. 내 영채 어멈한테 큰소리쳐서 입은 막아 놨다마는, 사나자슥이 칠칠치 못하게시리."

한 대 주먹이라도 날아오려나 잔뜩 긴장을 하고 구부려 앉아 있는데, 아버지는 의외로 관대했다. 나는 구부린 무릎을 다 펴지도 못하고 기듯이 가겟방을 나왔다. 아내가 알아 버렸는데도, 난 아무런 죄의식을 느낄 수 없었다. 아내와 나는 건널 수 없는 투명한 벽을 사이에 두고 오랫동안 바라만 보고 살아온 사이 같았다. 어머니

말대로 눈에 콩깍지가 끼었다 해도, 아내는 아내일 뿐이었다.

상가 옥상에서 밤하늘의 별을 바라보았다. '우리들의 사랑을 위하여서는 이별이, 이별이 있어야 하네.*' 제목은 기억나지 않는 시 한 구절이 문득 떠올랐다. 취한 목소리로 띄엄띄엄 외우던 그 여자의 시가 듣고 싶었다. '번개처럼 번개처럼 금이 간 그녀의 얼굴*'이, 목소리가 떠오른다. 이것은 김수영의 '사랑'이 아니라, 내 현실 속의 그 무엇이다.

며칠 동안 난 그녀를 만나러 가지 않았다. 아내 때문이 아니었다. 의외로 간결하고 조용하게 나에게 충고를 하던 아버지 얼굴 때문이었다. 여느 때 같았으면 온 동네가 떠나가도록 소리치고 주먹을 휘둘렀어야 했다. 그러나 아버지는 가정이 조용해야 한다는 것만을 강조하셨다. 그래도 가끔씩 그녀의 취한 소리가 듣고 싶기도 하고, 문득문득 발길이 그곳으로 향하기도 했다.

예전처럼 난 종일 조합 사무실에서 보냈다. 그리고 화투판에 자주 끼어들었다. 그녀가 보고 싶을 때마다 한 판씩 했다. 연기 자욱한 사무실에서 같이 담배를 피우고 군용 담요 위에 화려하게 펼쳐진 화투를 탁탁 내리치며 욕을 한바탕 해 대기도 했다.

그렇게 조합 사무실의 화투판 위에서 클클거리며 보낸 이듬해 늦가을, 아버지는 살림집을 팔았다. 아버지는 오랜만에 술을 마시

* 서정주의 시 「견우의 노래」에서.
* 김수영의 시 「사랑」에서.

고 시장을 돌며 춤추고 울었다. 고래고래 욕을 해 대기도 하고, 있는 목청껏 노래도 불렀다. 그러나 어쩐 일인지 내게는 손찌검도, 양동이째로 들이부어질 욕도 하지 않았다. 집을 판 돈은 복학해서 마지막 학기를 보내던 둘째와 이제 2학년에 올라간 누이의 학비로 보태고 나머지는 모두 빚잔치로 끝냈다. 그동안 나는 시간만 죽인 것이 아니었다. 화투판에서 내가 날린 것은 바로, 아버지가 그토록 자랑해 마지않던, 읍내에서 주택으로는 제일 먼저 2층을 올린, 슬래브 기술자가 없어서 서울에서까지 모셔 와 지은 그 살림집이었다.

"그 지긋지긋한 콩나물 도가 일을 끝내게 해 줘서 고맙니더."

아내의 비웃음은 얼음장처럼 차가웠다. 그 차가운 얼음장 밑으로 셋째가 태어났다. 계집애였다. 집안에 사촌·육촌을 통틀어 네 번째로 태어난 계집애였기에 그나마 아버지에겐 위로가 되었다. 그러나 나에게 셋째는 무의미했다. 내 자식이 태어났구나 하는 감회도 없었다. 아이가 셋이 태어나도록 나는 한 번도 내가 아버지가 되었다는 뿌듯함이나 설렘 또는 최소한 근심 걱정도 없었다. 그냥 결혼했으니 아이가 태어났구나 했다. 그보단 아내의 아이이거나 아버지의 손주라는 생각이 더 강했는지도 모른다. 그런데 어느새 셋째라니. 첫째가 몇 살이더라? 아직 유치원에 다니고 있는 것은 확실했다. 그러니 내년에는 초등학생이 될 건가.

아내가 친정으로 갔으니, 일꾼 하나가 비었으니, 그보다도 빚잔치로 날린 살림집에 대한 반성으로 나는 한동안 가게에 착실히 붙어 있었다. 열심히 쌀도 배달했고, 조금 더 많이 배당해 놓은 정부미 상등품을 아버지 눈에 나지 않게 일반미와 섞어 놓는 요령도 발휘했다. 난 그 시한폭탄 같은 아버지의 화통을 착실하게 견디며 죄값음을 했다. 내가 할 수 있는 일이란 그게 다였다. 그런 와중에 아버지는 또 하나의 일을 벌였다. 콩나물 도가를 못 하게 된 뒤로 무슨 할 일이 없나 골똘해진 아버지에게 김장철은 아주 좋은 시기였다. 아버지는 천방 아래 빈 터에까지 배추를 잔뜩 쌓아 놓았다. 이미 야채전도 제법 구색을 갖추고 굴러가고 있었으니, 김장철에 배추를 쌓아 놓는 것은 당연한 일이었다. 하지만 그 배달은…….

김장 시장을 벌일 동안 나는 정신없이 바빴다. 쌀을 배달했듯이 배추도 배달을 해 주었는데, 그 당시만 해도 사는 사람들이 리어카를 끌고 와서 실어 가는 게 일반적이었다. 이젠 리어카를 끌고 읍내를 쏘다녀야 했다. 힘이 든 것은 나뿐만 아니었다. 두 접, 세 접씩 사는 식당에는 어머니가 꼭 뒤에서 밀며 따라와야 했으므로, 아버지가 벌인 김장 시장 때문에 나와 어머니는 배추 속에 묻혀 살아야 했다. 그랬으므로 마지막 애라고 큰맘 먹고 친정으로 몸조리를 하러 간 아내도 눈치 때문에 어린것을 포대기에 싸 업고 와야 했다.

김장 시장이 끝나자 아내는 허리에서 찬바람이 난다고 했다. 나는 아버지에게 묻지 않고 아내를 친정에 보내 버렸다. 어차피 농사짓는 처가라 겨울엔 군불을 잔뜩 때고 누워 있기 좋았을 텐데, 눈치 없이 서둘러 와서 고생을 하는 아내가 한심스러웠다. 아내를 처가에 다시 보내고 나는 과부 집에 코를 박고 살았다. 수시로 과부 집 내실 신세를 지며 코에서 단내가 나도록 술을 퍼마셨고, 함께 뒹굴었다. 그러다 어느 순간 나는 내 코에서 단내 대신 술 취한 김수영(金洙暎)이 비틀거리며 걸어 나오는 것 같은 착각이 들었다. 술에 취한 그는 '팽이처럼 뱅뱅 돌며*' '공자가 넘던 줄넘기*'로 나를 후려쳤다.

그 뒤로 종종 나는 술에 취하지 못했다. 말갛게 고인 술잔 속에서 자꾸 김수영이 걸어 나와 나를 노려보았던 것이다. 시 대신 젓가락 두드리며 노랫가락을 불러 대는 그녀는 어쩌다 내 품속에서 시를 외웠는데, 그때마다 한바탕 질펀하게 울곤 했다. 그녀의 울음소리를 들으면 내 속에선 수없이 많은 면도칼들이 비처럼 흘러내렸다. 어쩌면 그녀도 그랬으리라.

* 김수영의 시 「달나라의 장난」에서.
* 김수영의 시 「공자의 생활난」에서.

서울의 아버지

후회는 아무리 빨리 해도 늦은 것이다. 왜 그랬는지 지금 생각해도 그때의 나는 내가 아니었다. 내가 과부 집에 발을 끊었다고 해서 가게 일에 열심인 것은 아니었다. 어차피 가게에 가도 난 국외자처럼 늘 서성여야 했으니까. 또다시 내가 시간을 보낸 곳은 조합 사무실이었다. 그러나 조합 사무실이란 곳이 늘 화투판이 벌어지고 있는 자리여서 살림집을 날린 이후로 아무리 조심하고 자제를 해도 몇 판씩은 늘 끼이게 마련이었다. 게다가 그곳이 아예 내 집처럼 되어 버렸으니. 아침에 눈을 뜨면 누가 시키기라도 한 듯이 사무실로 출근했고, 종일 사무실에서 보내다가 한밤중이 되어서야 겨우 일어나 어슬렁거리며 집으로 돌아갔다. 과부 집에 발길을 끊은 걸 눈치 챈 식구들은 그나마도 감지덕지인지 아무 말도 하지 않았다.

그러던 어느 날, 아버지가 나를 부르셨다. 이미 나를 포기했다는 듯이 나에겐 이렇다 저렇다 말 한마디 제대로 건네지 않았었으므로, 나는 긴장했다.

"니, 얼마를 더 날리고 싶어서 아직도 정신을 못 차리고 이러나. 이젠 니 인생 니가 책임져야 되잖나."

나는 속으로 웃었다. 내 인생이라고? 아버지는 지금 내가 내 인생을 살아가고 있다고 말하고 있었다.

"오늘부터 니가 싸전을 다 맡아서 해라."

"……?"

"난 소일거리로 텃밭에서 나온 야채들이나 내다 팔란다."

난 당황했다. 언제부터 나보고 싸전을 맡아 하라고 했었다. 그러나 그때마다 번번이 말뿐이었다. 그런데 지금은 뭔가 다르다. 난 전율을 느꼈다. 기쁨보단 두려움이 살처럼 밀려왔다.

"전 아직 능력이……."

"니 나이도 수월치 않은데…… 올해 니가 몇이라?"

"서른셋이시더."

"적은 나이는 아이다."

아버지는 횡허케 나가셨다. 한쪽에 쌓아 둔 쌀가마가 둔중하게 내 가슴을 내리 눌렀다. 얼마를 그렇게 앉아 있었는지 몰랐다. 발밑에 담배꽁초 몇 개가 나뒹굴었다.

"아니, 당신이 웬일이껴? 웬일로 영채야 소리가 안 나길래 내려와 봤디만."

이젠 아버지가 '영채야' 하고 부르지 않으면 이상하다는 아내의 얼굴에 놀람이 담겨 있었다. 쇳소리로 영채야를 부르지 않으면 이상하듯이, 내가 가게에 나와 있는 게 이상한 일이 되었던가.

"어? 아빠, 할아버지는?"

영채였다. 녀석의 등짝엔 파란 가방이 매달려 있었는데, 가방을 멘 녀석의 모습이 신기해서 대답 대신 녀석을 뚫어지게 쳐다보았다. 마침, 토요일이라 일찍 들어온 막내조차 "어, 형?" 했다.

싸전에서의 나의 첫날은 그렇게 놀람으로 시작되었다. 아버지는 정말로 싸전에 나오지 않으셨다. 이른 아침 텃밭에서 시금치를 몇 단 묶어 내놓고 나면 마실을 나가거나 가겟방에 들어앉아서 내다보지도 않으셨다. 그러나 무엇보다 놀라운 것은 저녁에 장부 정리를 나 혼자 하게 한 일이었다. 이제 나는 아버지 눈치를 보지 않고도 둥굴대를 잡았고, 아버지 못지않게 엄지손가락을 깊숙이 박았다가 재빨리 됫박에 쌀을 붓는 일도 잘해 냈다. 시간이 나면 쌀 속에 섞인 뉘*도 가려내고, 어느 식당에 얼마의 외상이 밀렸나 점검도 해 보다가 주문이 오면, 언제 적부터 밀린 외상 좀 달라는 소리도 낯을 붉히지 않고 말하게 되었다. 나는 차츰 욕심이 생겼다. 적어도 아버지가 했을 때보단 더욱 확장해 보고 싶었다.

나는 조합장을 찾아갔다. 그는 아버지가 차떼기를 실패한 이후로 읍에서 유일하게 차떼기를 하는 사람이었다. 나는 아버지처럼

*뉘 : 쓿은 쌀 속에 등겨가 벗겨지지 않은 채로 섞인 벼 알갱이.

시골 장을 돌며 쌀만 모아 대리로 차떼기 하는 것보다 직접 내가 차를 몰며 해 보고 싶었다. 그러나 그는 말렸다. 혼자서 하기엔 벅찰 뿐만 아니라, 어차피 모든 일이 사람 장산데 현찰로 쌀을 사서 외상으로 주는 이 사업을 사람들도 알지 못하는 상태에서 한다는 게 무리라는 이야기였다. 그러나 나는 상관하지 않았다. 어차피 크려면 모험을 해야 했다. 나는 아버지보다 나은 장사꾼이 되고 싶었다.

나는 우선 인근 탄광촌의 조합장들을 찾아다녔다. 탄광 경기가 아직은 좋은 때였고, 우리와는 지역적으로 가까운 곳이어서 아버지 때도 주로 탄광촌으로 차떼기를 많이 했던 것이다. 삼척과 태백 그리고 문경에 쌀을 대 주기로 했다.

그것이 아버지에게 싸전을 물려받던 해 여름이었다. 나는 1톤짜리 트럭도 하나 샀다. 아버지는 마땅치 않은 표정이었지만 말리지는 않았다. 어차피 추수 전까지는 쌀값이 오를 때였다. 나는 시골 장 대신 정미소를 돌며 쌀을 거둬들였다. 걱정했던 것보다 일은 수월하게 풀려 나갔다. 또 절반 이상을 현찰로 받아 내는 꼼꼼함 내지는 소심함도 버리지 않았고, 시세 차액을 노리는 노련함도 서둘러 발휘했다. 조합 총무라는 자리도 요긴하게 챙기기 시작했다. 기왕에 해 왔던 대구와의 직거래를 통해 정부미를 더 많이 들여와서 회원들을 만족시킨 만큼, 나에게 더 많이 할당되도록 손을 썼다. 지금보다 정부미를 더 들인다는 것이 감사에 걸릴 만큼 무리수이긴 했지만 어쨌든 내 의욕은 왕성했다. 다시 우리 집 창고엔 쌀가마가 천장까지 올려지기 시작했다. 시장의 떠돌이 짐꾼들은 늘 우리 집 근처를 배회하며 일거리를 놓치지 않았다.

나는 처음으로 사업하는 사람들이 왜 밤잠을 설치며 일에 매달리는지를 이해하게 되었다. 나는 지도를 펼쳐 가며 다음에 내가 뻗쳐야 할 곳을 계산하며, 장부를 정리하며 밤잠을 줄였다.

그러나 일은 너무 서둘러 터졌다. 내가 너무 빨리 일에 빠져 들었듯이.

추수기가 되면서 쌀이 넘치기 시작했다. 또한 선거철을 앞두고 추곡 수매 예상가가 미친년 널뛰듯 들썩거려서 쌀값을 흥정하기도 수월치 않았다. 자연 현금보단 외상이 많아졌다. 외상은 또 다른 외상을, 그리고 또 새로운 외상을 불러들였다. 생활이 조금씩 나아지면서 정부미에 대한 구매력도 떨어졌다. 일이 제일 먼저 터진 것은 태백에서였다. 그해 무렵부터 기울기 시작한 탄광 사업과도 무관하지 않은 일이었다. 박 씨가 이유도 모르게 자취를 감춘 뒤로 나는 서둘러 삼척과 문경의 사람들에게서 외상을 거둬들이기 시작했다. 그러나 제일 크게 거래했던 태백에서의 타격은 그해를 넘기기 전에 나를 기진맥진하게 만들었다. 그러나 그보다 먼저 소문이 시장을 돌았다. 언제나 소문은 빠르고 살이 많았다. 어물전 정 씨가 제일 먼저 아버지를 찾아가 호소하기 시작했다. 그다음은 기름집 이 씨, 고추집 문 씨…….

사실 그들이 좀 더 나를 믿고 기다려 줬던들 내 모든 것이 흔들릴 정도는 아니었다. 의욕이 넘치긴 했지만 난 아직도 소심해서 많은 부분에서 현찰 거래를 했기 때문이다. 그러나 그들은 나를 믿지 않았다. 그들이 나를 기억하는 건 아버지 밑에서 장을 보러 쫓아다니던, 그리고 화투판에 빠져 '그 좋은 집'을 날린, 술집 여자에 정신을 뺏겨 버린 팔푼이였다.

빚도 자본금의 한 형태라는 걸 아버지는 이해하지 못했다. 빚이란 그저 목구멍에 거미줄 칠 정도가 아니면 무조건 없어야 된다고 믿는 양반이었다. 그런 아버지에게 사람들이 내민 차용증의 액수는 엄청난 타격이었다. 그것이 회복될 수 있는가 없는가는 뒷전이었다. 빚이란 얻지 말아야 한다는 게 신조였던 아버지에게 빚쟁이들의 들이닥침이란…….

또 한 번 아버지는 장을 돌며 울고 노래를 불렀다. 그 일은 며칠 동안 이어졌다. 다름 아닌 선산 밑에 있는 몇 마지기 남아 있던, 아버지가 제일 애지중지했던 그 논을 팔던 날이었다.

실의에 빠진 내가 지난번처럼 주색잡기에 빠질까 봐 아내는 서둘러 이사를 가자고 했다. 난 아내의 말에 귀가 번쩍 뜨였다. 어차피 난 장사에 소질이 없는 사람이었다. 아버지처럼 악을 바락바락 쓰며 염라대왕은 속여도 나는 못 속인다고 강짜를 놓을 성깔도 없는 샌님이었다. 아버지처럼, 아버지처럼…… 난 유능한 장돌뱅이가 아니었다.

그러나 아버지가 문제였다. 어떻게 아버지가 평생 일군 모든 것을 다 망쳐 놓고, 도망치듯 서울로 이사 간단 말인가. 하지만 한을 품은 여자는 오뉴월에 서리를 내리게 한다지 않는가. 아내가 칼을 뽑아 들었다. 우리는 차마 싸전을 내놓자는 말을 할 수 없어서 야채전을 벌였던 가게 앞 터를 세놓고 그 돈만 달랑 들고 이사를 했다. 아버지가 나에게 싸전을 하라고 한 지 1년이 채 못 되는, 해가 바뀐 직후였다.

서울 입성치고는 너무도 초라한 단칸방 하나에 이불 짐과 냄비 서너 개가 전부였다. 그래도 아이들은 서울로 이사 간다고 입에 거품을 물며 제 친구들에게 자랑을 하느라고 몇 날 며칠 난리를 치더니, 막상 서울 오류동 끄트머리에 풀어진 단칸방을 보고는 이게 서울이냐고 했다.

사흘을 돌아다닌 끝에 아내는 목걸이를 꿰는 부업을 물어 왔다. 나는 촌수를 셀 수 없는 아저씨가 소개해 준 시계 공장에서 사포질을 했다. 처음으로 내가 가장이란 사실을 뼈아프게 깨달았다. 세 아이의 아비이며, 한 여자의 지아비임을.

처음으로 월급을 받던 날, 나는 술을 마셨다. 노동을 팔아서 번 최초의 월급을 서른 중반에야 받아 본 소감은 착잡했다. 그토록 독립하고 싶었던 게 이거였었나 하는 착잡함에 목울대가 뻣뻣해 왔다.

아버지! 그토록 벗어나고 싶어 몸부림쳤던 아버지의 그늘. 급

기야 그 그늘을 벗어났다고 생각하는 순간, 나는 생활고의 그늘에 파묻히고 만 거였다. 아버지가 붙여 준 쌀 한 자루가 단칸방 한구석에 반쯤 빈 채로 쭈그리고 서 있는 모습을 보니 뜨뜻한 것이 울컥 넘어왔다.

나는 아이들을 생각했다. 올망졸망 셋이나 되는 내 아이들을. 한 번도 푸근하게 안아 준 적이 없었다. 첫째는 어른들 앞이라 그랬고, 그다음부턴 정말, 정말로 무관심했다. 솔직히 말하면 난 아이들 생일도 기억하지 못했다. 그저 첫째가 가을이라는 것만 기억할 뿐. 아니, 내가 아버지라는 사실조차 잊고 살아온 날들이었다. 아니, 셋째까지 태어나도록 나는 내가 아버지가 되었다는 걸 실감하지 못했다. 어쩌다 부딪치는 아이들도 아내의 아이들이었고, 내 아이란 생각을 제대로 해 보지 못했다.

첫 월급을 타고 보름쯤 지났을 어느 날 퇴근 무렵, 누이가 회사로 찾아왔다. 핏기 없이 마른 얼굴이었지만 여전히 예쁜 누이를 보자 객혈처럼 고향 생각이 끓어올랐다. 설에도 못 내려간 고향이었다.

엊그제 지나간 설은 쓰라렸다. 영채 놈이 서울의 설날은 억수로 재미없다고 한 타령 하고 나더니, 이제 겨우 말문이 트인 막내딸까지 할머니, 할아버지한테 가자고 하루 종일 졸라 댄 것이 그 이튿날까지 간간이 이어졌다. 아내가 급기야 화를 한바탕 내고야 겁먹은 새앙쥐처럼 세 놈이 방구석에 처박혀 눈물만 데굴데굴 흘렸던 도시에서의 첫 설날이었다.

"집에 갔다가…… 어떠니껴?"

웃으려고 애쓰는 누이의 얼굴을 외면하며 어머니, 아버지의 안부를 물었다.

"그래도 땅은 안 꺼졌니더. 아버진…… 늘 그렇잖니껴."

나는 잔업을 다음 날로 미루고 누이와 함께 산비탈에 있는 집으로 갔다. 솔직히 그대로 누이를 돌려보내고 싶었는데, 누이가 막무가내로 버텼다. 서랍장 하나와 그 위에 놓인 얼룩덜룩한 이불 몇 채, 종이 상자마다 짐이 그득 쌓인 채 놓여 있고, 아내가 돈벌이랍시고 꿰던 구슬 더미들, 아이들 저녁을 주다 맞은 터라 한쪽 구석에 밀쳐진 김치 종지뿐인 개다리소반. 그것들 위로 누이의 눈이 슬며시 스쳐 지나가고, 눈망울이 커서 거짓말도 못 하는 누이의 눈에 언짢은 빛이 잠시 일렁이다 사라지는 걸 나는 놓치지 못했다. 나는 밖으로 나와 담배를 빼물었다. 발아래 도시의 불빛이 별빛보다 더 찬란하게 펼쳐져 있었다.

"행복하게 사시소. 그래도 인생은 자기 거자니껴."

그날, 선아가 천방 위에서 하던 말이 느닷없이 떠올랐다. 그날 이후로 난 행복하려고 생각이나 했던가. 그저 남의 것이려니 했다.

"오빠."

어느 결에 나왔는지 누이가 옆에 서 있었다.

"전화위복일 수 있자니껴. 난 종교를 갖고 있진 않지만, 신은 모든 문을 다 닫아 놓진 않는다이더."

보따리 보따리를 풀어 놓고 누이가 돌아간 뒤, 나는 또 한동안 허탈감에 빠졌다. 아버지와 집에 대한 자잘한 우울들이 호흡기 속으로 연신 들락거리며 나를 괴롭혔다.

3월, 영채가 드디어 서울에 있는 학교로 전학을 했다. 그러나 이미 싯누런 콧물을 훔쳐 가며 연탄가스 냄새가 진동을 하는 동네 골목에서 서울의 초라함을 맛본 놈은 더 이상 설렘도 없는 눈치였다.

"요 지집아만 안 태어났어도 직장에 다닐 수 있을 긴데."

영빈이까지 유치원에 들어가고 나자 아내는 셋째가 거치적거리는 모양이었다. 하긴 하루 종일 어깨가 빠져라 꾸부리고 앉아 목걸이 구슬을 꿰어 봤자 돈 천 원이 고작이었다.

"준석이도 지금쯤 서울에 왔을 긴데……."

구슬을 꿰던 손을 잠시 멈춘 아내가 나를 바라보았다.

"갸가 자취할 돈으로 차라리 방을 두 칸 얻어서 같이 지내믄 어떻겠노?"

아내는 한숨만 들릴락말락하게 내쉴 뿐 아무 말이 없었다. 아내는 비록 초라한 서울 살림이지만 오히려 마음은 편한 눈치였다.

"여태 아무 소식 없는 거 보믄……."

아내는 뒷이야기를 삼켰다.

"우리가 돈이 많음사 액씨*도 있고 되련님도 있는데, 합치믄 좋

* 액씨 : 시누이의 경상도 방언.

지요. 어예든지 되련님 한번 찾아오믄 얘기나 꺼내 보든지요."

그러나 아내의 말속엔 여전히 탐탁지 않은 기색이 묻어 있었다. 그 이야기 이후로 난 셋째 거취 문제에 대해 잊으려 했다. 그사이에 누이는 한 번 더 왔다 갔건만 어찌 된 일인지 셋째는 그 학기가 다 지나도록 나타나지 않고 있었다.

그렇게 우리만의 세월이 지나갔다. 그사이 영빈이도 학교에 들어갔고, 한참 어렸던 딸애도 유치원에 들어갔다. 아내는 이제 목걸이 공장으로 출퇴근했다. 그러고도 집에 여전히 일감을 챙겨 가지고 들어오는 억척도 잊지 않았다. 그사이 누이가 좀 늦은 결혼을 했다.

내가 회사에서 점심을 막 끝내고 담배를 한 대 피울 무렵, 집에서 전화가 왔다. 지리하게 길었던 장마도 다 지나가고 머리가 벗어질 정도로 햇볕이 쨍쨍하던 날, 아버지가 누이와 함께 땀을 닦아 가며 산비탈의 집에 오신 것이었다. 그새 아버지는 많이 늙어 있었다. 헌칠한 키에 단단했던 살집이 물러서 노인티가 완연했다.

"연락도 없이 어옌 일이껴? 어머니랑 모두 편안하시껴?"

"나야 괜찮다마는."

'니 어머니가 속이 많이 상해 있다. 쫄딱 망해서 야반도주했다고 소문도 무성하고.'

그러나 그 말은 삼키고 대신 뜸을 들이더니, 한참 만에야 입을 떼셨다.

"그래도 니가 장남인데 이래 떨어져 살아서 되겠나. 둘째도 결혼한다고 여자를 데리왔더라마는, 장남인 니가 이래서는 설 낯이 없어서 안 된다. 내 그 상가를 팔라니까 여기서 할 장사를 물색해 봐라."

아버지의 그 눈빛에는 이미 결정했으니 너는 따르기만 하라는 단호함이 배어 있었다. 나는 아무 말도 못 하고 고개만 숙이고 앉아 있었다. 그때 커다란 쟁반에 수박을 잘라 가져오다 이 소리를 들은 아내는 아버지 곁에 앉아 한참을 망설이는 눈빛이더니, 머뭇거리며 말을 꺼냈다.

"저기, 아버님요. 지금처럼 좀 더 살아 보믄 안 되겠니껴?"

"?"

"내가 보기에 이 사람은 장사 체질이 아니라요. 차라리 아버님이 그 재산을 더 잃지 않게 갖고 계시고, 이 사람은 여기서 월급쟁이 생활을 계속하믄……."

"야가 지금 무슨 소릴 하고 있노. 둘째도 곧 결혼하믄 서울서 생활할 모양인디 맏이 사는 꼬라지가 이래서야 어디 낯이 설 것이며, 우리 두 노인들만 시골에 남아서 어째 있노 말이다. 차라리 그 집을 팔아서 좀 더 나은 일을 벌일 생각을 해야지, 그 몇 푼 받아서 평생 이 꼴을 면할 수 있다고 생각되나, 니는?"

아버지의 목줄에 퍼런 심줄이 돋아났다.

"이 사람 말은 아버지 재산을 제가 또 다 날려 버릴까 봐……."

"니가 맏인데 니 재산이지 그럼 누구 재산이로. 내 이 나이 돼서 그것 움켜쥐고 있느라고 자식이 이 꼬라지로 사는데도 내버려 두란 말이라?"

"생각해 보겠니더."

"생각하고 말 것도 없이 무슨 장사를 해야 될지 물색해 봐라."

아버지는 수박 한 쪽을 잡숫더니 벌떡 일어나서는 "난, 갈란다" 하셨다. 나와 아내는 깜짝 놀라서 간곡히 만류했지만, 아버지는 훠이훠이 산비탈을 내려가셨다.

"장사라 하믄 몸서리가 쳐지는데. 굶어 죽지 않을 만큼만 벌어도 꼬박꼬박 월급 타는 게 내 소원이니더. 그놈의 영채야 소리도 듣기 싫고. 이제야 사람 사는 것처럼 사는가 싶었디만. 맏이가 그렇게 대단한 것이니껴? 맏이, 맏이, 그놈의 맏이 사슬에 묶여 여지껏 죽은 드끼 살았으믄 됐지. 되련님 장가가는 거하고 우리 살림 꼬라지 이런 거하고 무슨 상관이라꼬."

아내는 틈만 나면 타령을 해 댔다. 일요일에 내가 가게라도 보러 나갔다 오면 영락없이 죽을상을 해 가지고 입은 댓 발이 나왔다. 나는 되도록이면 아버지와 아내의 주장을 다 들어주고 싶었다. 어떻게 해야 될지 막막했지만 일터에서 돌아오면 누리끼리한 천장을 바라보며 이리저리 머리를 굴렸다. 아버지 말도 거역할 수 없었고, 아내의 불만을 이해하지 못하는 것도 아니었다. 생각해 보면 아내도 나에게 시집온 이후로 즐거운 날이 없었다. 나는 이제야 그것이 보이기 시작했다. 그런데 더위가 수긋해질 무렵, 아버지가 돈을 보내오셨다. 5백만 원이나 되는 적잖은 돈이었다. 맘에 드는 터가 있으면 계약해 두라는 것이었다. 나는 마음이 다급해지기 시작했다.

그곳은 권리금이 쌌다. 비록 낡은 아파트에 딸린 슈퍼였지만, 세대도 만만치 않았고, 지하엔 구두 공장도 있어서 그곳을 상대로 라면 같은 새참을 팔기도 한다고 했다. 아버진 싸전이 아니라 슈퍼를 한다는 말에 그리 탐탁한 눈치는 아니었지만, 돈을 싸 들고 오셨다. 그리고 비록 낡았어도 만만치 않은 가구 수에 안도하는 눈빛이었는데, 문제는 그 주변의 집값이 너무 비싸다는 것이었다.

"제가 출퇴근하겠니더."

나는 아내를 생각하며 재빨리 말했다. 몇 날 며칠을 다리품 팔아 가며 마당이 있는 집을 고르려고 노력했다. 그러나 시골 가게를 판 돈으로 가게와 집을 한꺼번에 구하기는 무리였다. 아무리 가게가 사글세라고는 하지만, 열댓 평은 되는 데다 권리금도 있었다. 우리는 하는 수 없이 광명에 아담한 마당이 있는 낡은 집을 샀다. 이것으로 우리의 시골 살림은 끝이 났다.

가끔씩 아버지는 슈퍼에 나와서 하릴없이 담배를 피우며 앉아 계셨다. 굽은 등과 윤기를 잃은 머리칼에서 독한 담배 냄새가 났다.

"벌써 추워지는데요."

그만 들어가시라고 몇 번씩 운을 떼도 그렇게 하염없이 앉아 있

곤 했다. 그러면서도 손님이 많은 날엔 돌아가실 때 흡족한 미소를 남기시기도 하고 백 원짜리 코 묻은 손님만 연신 들락거린 날엔 나보다 더 어깨가 늘어져서 천천히 비탈길을 내려가시곤 했다.

쓰렸던 내 젊은 날, 그때의 아버지는 당당했었다. 사납고 포악스러운 아버지가 무서워서 내 인생도 다 그 그늘에 숨겨 놓았던 그 날들이 새삼 그리운 건 아버지의 굽은 등 때문일까. 지금 이렇게 사는 것은 내 인생일까. 무서웠던 아버지 그늘 밑에 숨겨 놓았던 내 인생을 슬그머니 끄집어냈지만 여전히 내 것이 아닌 것은 아닐까. 이미 십수 년의 세월이 흐르면서 변질된 이것은 누구의 것일까.

이렇게라도 가게에 나오지 않는 날이면 아버진 종일 방 안에 앉아서 재수 떼기 화투만 두셨다. 어머니가 놀던 손이 아니라고 마늘을 몇 접씩 들고 와 물에 담가 까고 앉아 있어도 웬 마늘이냐고 묻지 않으셨다.

"얼마 떨어지지 않은 곳에 경로당이 있니더. 소일 삼아 다녀 보지요."

"그러잖아도 나가 봤다."

무엇이 못마땅했던지, 아버지는 경로당도 마다했다.

"담을 헐고 꽃밭 자리에 구멍가게라도 낼까요?"

고육지책으로 난 구멍가게 제안을 했다.

"잣단스러워서*."

* 잣단스럽다 : 별 볼일 없고 자잘하다.

다 놓아 버린 아버지의 손은 나를 불안하게 했다. 한꺼번에 덥석 늙어 버린 아버지, 그의 무기력증은 깊었다. 서울에 오신 뒤론 한 번도 장죽을 물지 않는 일도 내 마음을 아프게 만들었다. 방 한쪽 구석에 소품처럼 놓여 있는 아버지의 장죽, 어쩌다 술을 마시면 슬쩍 들었다 놓아 버렸다. 또 아버진 서울에 오신 뒤로 술을 거의 마시지 않았다. 슈퍼에 나와 있는 날도 널려 있는 게 술인데 한 모금도 마시지 않았다. 점심을 먹으면서 반주로 드릴까 물어도 됐다, 팔아야지, 한마디하시면 그만이었다. 그러더니 겨울이 점차 깊어 가면서 가게에 나오던 발길도 뚝 끊어 버렸다. 아버지가 앉아 있던 슈퍼 앞 걸상이 빈 채로 찬바람만 맞고 있는 걸 보면 일이 손에 잡히지 않았다. 아내와 같이 점심을 먹다가도, 구두 공장에 새참으로 내갈 라면을 끓이다가도 문득 아버지의 자리가 허전했다. 그 존재만으로도 내 가슴을 둔중하게 내리누르며 답답하게 하던 아버지. 이제 그의 자리가 허전해질 만큼 아버지의 존재가 허허로워진 것일까. 완력으로 나를 밀어붙이던 지악스럽기까지 했던 그 당당함이 빈 자루처럼 부피감을 느낄 수 없게 했다.

아버지에 대한 허망한 부재감은 이렇듯 갑자기 찾아왔다. 언제부터인가 아버지가 앉던 그 빈 의자에 석양이 어슷해지면 난 소주를 한 모금씩 마셨다. 체온을 실어 본 지 오래인 모퉁이의 그 낡은 의자는 집에서 화투짝을 만지는 아버지의 굽은 등처럼 외로웠다. 그러면 문득문득 삐걱이는 의자의 관절처럼 흔들거릴 아버지의 심사가 생각났다.

그런 어느 날부터인가 나는 일과를 끝내고 돈 세는 일을 하지 않았다. 잔돈은 잔돈대로 종이돈은 종이돈대로 작은 가방 속에 그대로 구기듯 쑤셔 넣어 가서 아버지와 함께 돈을 추리고 계산을 맞춰 나갔다. 아버지는 그 일을 너무 좋아하셨다. 꼬깃꼬깃 구겨진 천 원짜리 5천 원짜리 지폐들을 침을 발라 가며 일일이 펴고 십 원짜리 백 원짜리 동전들을 한쪽에 수북이 탑을 쌓아 분류하는 작업에 열중할 때면, 나는 옆에서 구경만 할 수밖에 없었다. 나는 차츰 그 돈의 일부를 은행에 저금하는 일을 아버지에게 맡기기 시작했는데, 아버지는 은행 문이 열리기가 무섭게 그 돈을 입금시켰으며 그것이 유일한 운동이자 취미였다.

그렇게 겨울이 다 지나갔는데도 아버진 다시 슈퍼에 나오지 않았다. 작은 화단에 전 주인이 심어 놓았던 꽃의 새싹들이 뾰족이 싹을 내미는 것을 다 갈아엎고 그 위에 열무 씨며 배추 씨, 고추 모종 등을 사다 심는 것이 새로운 일거리였다. 또 시장을 돌며 과일 상자며 생선 상자 들을 주워다가 마당의 빈자리며 옥상에다 그 상자들을 빼곡히 들여놓고, 이웃집에서 버리는 아기 욕조 등도 옥상으로 올려다 놓았다. 그러고는 5리는 족히 되는 산에 가서 흙을 퍼 날랐으며, 그곳에 들깨, 상추, 오이 등을 심었다. 심지어 오줌을 변기에 누지 못하게 하고 따로 받아서는 동네 한의원을 돌아다니며 수거해 온 한약 찌꺼기와 함께 옥상 한 귀퉁이에 두어 썩혔다. 그렇게 마당이며 옥상이 푸른 들판으로 변해 가는 것을 바라보는 아버지의 눈 속엔 팔아 버려야 했던 선산 밑의 논도 있고 밭도 있었으며, 한 달이 넘도록 내성천 천변에 나가 소를 길들였던 그 열기가 고스란히 들어 있었다.

어느 날 아버지는 여러 개의 작은 봉지를 내밀었다. 상추, 풋고추, 들깻잎이 한 주먹씩 들어 있었는데, 아버진 그것을 슈퍼에 내다 팔라고 내민 것이다.

"무공해라믄 비싸다믄서?"

난감했지만 아버지가 내민 봉지를 들고 나왔다.

"이것을 팔라고 줬단 말이껴?"

아내가 그 봉지들을 보더니 쯧쯧 혀를 찼다.

"어예든지 옛날부터 돈 되는 것이라믄 개똥도 주워다 팔 양반이었으니까."

끝내 그것들은 단골손님들에게 선심용으로 주어지고 말았다. 그러나 번번이 내미는 그것들을 모두 다 그렇게 할 수는 없었다. 결국 우리는 상추 한 상자, 고추 한 상자씩 소 단위로 팔기 시작하고야 말았다.

비록 손이 많이 가고 새벽부터 밤늦게까지 매달려 있어야 하기는 했지만, 서울에서의 생활은 이렇게 자잘한 안락 속에서 계속되었다. 그다지 큰일도 없었고, 그다지 슬픈 일도 없었다.

그런데 한여름이 되면서부터 아파트가 술렁대기 시작했다. 그동안 말만 있고 일이 성사되지 못했다가 이번에 재개발 결정이 떨어진 모양이었다. 보통 재개발 말이 나오면 10년은 걸린다고 했다. 그런데 난 그것을 모르고 가게를 얻은 것이다. 게다가 권리금까지 주고. 아내는 입에 거품을 물고 아파트를 관리하던 회사고 복덕방이고 쫓아다녔지만, 권리금을 돌려받을 길은 없었다.

"헛장사한 거라, 헛장사."

아내는 넋을 잃고 땅을 쳤다. 더위가 수그러들면서 한두 가구씩 떠나기 시작했다. 더 이상 물건을 들여놓지 않아 가게도 썰렁해지기 시작했다. 장사는 내 팔자에 들어 있지 않은 모양이라며 아내는 다른 일자리를 알아보라고 했다. 그러나 선뜻 자리를 털고 일어나지지가 않았다. 아내가 먼저 슈퍼를 떠났다. 그녀는 집 근처에 있는 소시지 공장에 들어갔다.

"뭐라고? 가게가 헐린다꼬?"

아내의 취직 때문에 아파트가 헐린다는 사실이 급기야 아버지 귀에까지 들어가고야 말았다. 저녁을 먹던 밥그릇이 상 아래로 굴러 떨어지고 충격 때문에 벌떡 일어나다가 도로 주저앉은 아버지의 바지에 밥풀이 낭자했다. 넘어지면서 아버지의 머리가 벽에 부딪히는가 싶더니 허리가 반으로 푹 접히며 헝겊 인형처럼 구겨졌다. 마침 일찍 들어와서 저녁을 먹던 나는 깜짝 놀라서 아버지를 부축해 일으켰으나 이미 아버지는 맥을 놓아 버리고 말았다. 나는 엉겁결에 아버지를 들쳐 업고 밖으로 뛰쳐나왔다. 허깨비 같은 아

버지가 내가 뛰어가는 리듬에 맞춰 내 등을 들썩들썩 쳐 댔다.

아버지를 응급실에 부려 놓고, 비 오듯 쏟아지는 땀을 닦을 겨를도 없이 멍하니 앉아 있는데, 뜻 모를 설움이 북받쳐 올랐다.

"이 일을 어예믄 좋노."

이 일을 어예믄 좋노. 이 일을 어예믄 좋노. 어머니의 한숨 같은 소리가 이명처럼 아련하게 울렸다.

쌀 두 가마

아버지는 3일 동안 혼수 상태로 계시다가 세상을 하직하셨다.

내 가슴속에서 커다란 세상 하나가 사라지는 느낌이었다…….

어머니는 마늘 까는 일을 그만두셨다. 그러고는 다시 시골로 내려가셨다. 아버지의 명복을 빈다며 읍내의 단골이던 절로 들어가신 것이다. 우리 다섯 식구는 자신의 존재를 최소한으로 웅크리고, 심상한 얼굴로 다시 일상에 묻히기 시작했다. 그러면서 우리는 어머니의 상경을 다시 기다렸다. 그러나 어머니는 무슨 기도회니 무슨 모임이니 하면서 한사코 서울로 다시 돌아오기를 미루었다.

그런 와중에 나는 가게에 대한 미련을 거두고 아파트 경비로 취직을 했다.

"내 평생에 많은 돈은 바라지도 않고, 남편이 매달 꼬박꼬박 갖다 주는 봉급을 받아 보는 게 소원이시더. 제발 그놈의 장사 좀 때려치우소."

이제 장사를 고집하는 아버지도 안 계시는 마당에 무슨 장사냐고 윽박지르다시피 해서였다. 가게를 정리하던 날, 난 등이 허전한 것을 느꼈다. 언제나 내 등 뒤에 버티고 섰던 아버지.

한 번도 아버지가 없는 삶을 생각해 본 적이 없었다. 아버지의 그늘에서 내 나이는 늘 스물한두 살이었다. 그런데 느닷없이 내 앞에 나타난 사십이란 나이와, 아버지며 지아비며 가장이란 짐은 나를 낯설게 만들었다.

아버지를 선산에 묻고 온 뒤로 서두르는 아이들의 성화에 밀려 아버지 방을 정리하고 다시 도배를 하면서 많은 것을 태우고 버렸다. 그런데 아버지의 장죽은, 나를 후려치던 그 장죽은 차마 버릴 수가 없었다. 비번인 어느 날, 혼자 방구석에 멍하니 앉아 있다가 나는 담배를 풀어내서 그 장죽에 꼭꼭 눌러 재고는 아버지처럼 성냥을 요란하게 타악 그어서 힘껏 빨아 보았다. 하지만, 그것은 연기만 푸르르 내다가는 이내 꺼져 버리곤 했다.

"아버지, 학교에서 부모의 희망과 내 희망을 같이 적어 오래요."

난 재떨이에 탕탕 치던 장죽을 놓고 아무 말 없이 방바닥에 주저앉았다.

"아버진, 내가 뭐가 되길 바라니껴?"

영채가 재차 물었지만, 난 할 말이 없었다.

"니는 뭐라고 쓸 건데?"

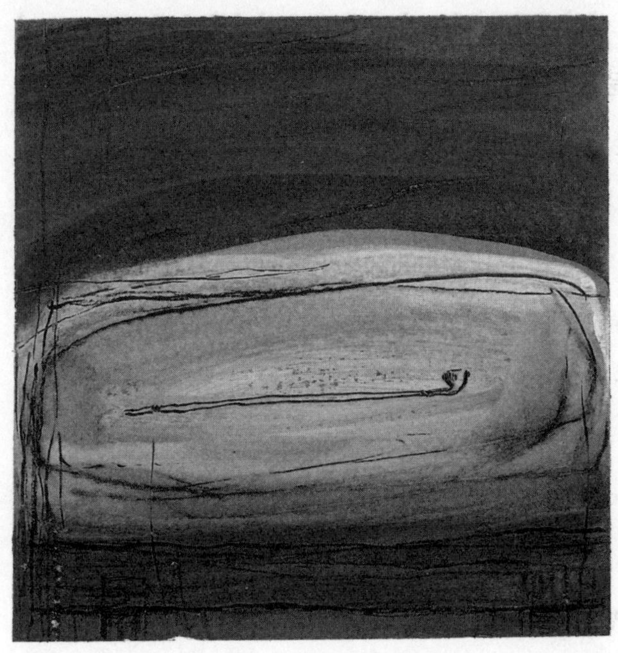

"글쎄, 의사라고 쓸까, 아니믄 컴퓨터 박사라고 쓸까 고민 중이시더."

"니가 되고 싶은 대로. 아버진 니가 하고 싶은 거믄 상관 않는다."

"에, 아버진 나한테 관심도 없지."

영채는 섭섭해했다. 나는 휴지를 뜯어 아버지의 장죽을 닦은 다음 다시 문갑 위에 올려놓았다. 그것으로는 더 이상 담배를 태우지도 못할 것이고, 누굴 때릴 수도 없을 것이다. 저녁에 아내는 밥상머리에 앉아서 말했다.

"원, 불만이 없어서 그게 불만이라? 니들 되고 싶은 대로 되라는데. 니들 할배 같았어 봐라, 영채 니한테 영락없이 또 쌀장사하라고 했을 기다. 성질이나 웬만했으믄 슬쩍 따라가는 척하다가 딴일이라도 해 보지."

"엄만, 아무리 무서워도 하기 싫은 걸 억지로 하는 사람이 어딨노."

"흥, 제발 니는 그래라."

아내는 목이 메는지 물을 한 컵 꿀꺽꿀꺽 들이켰다.

"지금 생각해 보믄 내가 병신이었지. 아무리 무서워도 설마 죽이기야 했겠니껴. 그때 일찌감치 짐 싸 들고 서울로 올라왔으믄 이렇게까지 되진 않았을 기시더. 새벽부터 콩나물 도가에 매달리고 가게에 나가서 야단만 맞고. 그래도 돈 한 푼 구경할 수 없었으니. 그 품삯 제대로만 받았어도 이 꼴은 아니지. 암, 아마 옛날 노예도 그렇게까진 안 했을 거라.”

아내는 아버지 밑에서 산 세월이 한이라고 했다. 그래서 아버지가 돌아가시자 날개를 단 듯이 절로 산으로 훨훨 나다니는 어머니가 속상하면서도 한편으론 이해가 간다고 했다. 얼마 전에 어머니는 아예 시골에 단칸방을 얻어 살림을 따로 내셨다. 그곳은 상처였다. 내 젊은 날을 아무렇게나 던져 두었던 아픔이었다. 그러나 어머니의 고집은 완강했다. 할 수 없이 돈을 마련해서 드렸지만 한 번도 내려가 보지 않았다. 어쩌다 전화를 드려 보면 어머니는 항상 없었다. 방만 얻어 놓았을 뿐, 절이나 산으로 기도드리러 나가 있는 날들이 더 많았던 것이다.

“가슴에 맺힌 것들이 다 씻겨져 내려가는 기분이다. 한밤중 촛불을 켜고 가만히 기도하고 있으믄 얼매나 맘이 편한지.”

몇 날 며칠 산속에서 기도를 드린다는 말에 내가 걱정을 늘어놓으면 어머니는 모든 게 편안하다고 했다. 그런 어머니를 보면서 난 어쩔 수 없이 아버지를 떠올렸다. 아버지의 당당함, 자신만만함, 전제적인 군림 등등. 그럼에도 가끔씩 그런 아버지가 그리워지는 건 왜일까.

“우리 이 집 파시더.”

어느 날, 아내가 느닷없는 제안을 했다. 아니, 제안이 아니라 이미 혼자서 이리저리 궁리를 다 해 놓은 뒤인 것 같았다.

"이왕 고향 버리고 여까지 온 마당인데 아이들 교육을 생각해서 진짜 서울로 들어가입시더. 더 늦기 전에 학군 좋은 데 들어가서 애들을 번듯한 대학에 보내야 할 거 아이껴. 이 집 팔고 지난번 가게 정리한 돈 합치믄 그쪽에 작은 아파트 하나는 살 수 있다이더. 집이야 좀 솔더라도* 애들 학교 생각하믄 그게 낫겠니더."

아버지가 돌아가신 뒤로 어머니는 날개를 달았고, 늘 코보다 입이 높았던 아내는 주장하는 입이 더 커졌다. 모두들 족쇄에서 풀려난 들짐승처럼 자유로웠다. 그러나 이해할 수 없는 것은 바로 나였다. 진정 아버지의 자리에 놓여진 지금, 나는 아버지를 잊지 못하고 있는 것이다. 그토록 어렵기만 했던 아버지를.

아버지는 낯선 타인이었다. 아버지가 계실 때는 어려워서 그랬고, 내가 아버지가 된 지금은 익숙해질 수가 없어서 타인이다.

아내의 계획대로 우린 이사를 했다. 빈대 등짝만 한 방이 세 개 오밀조밀 있는 낡은 아파트였다. 오랜만에 서울에 올라온 어머니는 아내가 구해 놓은 아파트를 보고는 한마디 말도 없었다. 그 집엔 애초부터 어머니의 방은 없었다.

아내는 좋은 동네에 오니까 파출부 자리가 제일 만만하다며 이사온 지 보름도 안 돼서 파출부 일을 하러 나섰다. 그러면서 광명에서 소시지 공장 다닐 때보다 훨씬 낫다고, 사람은 똥밭에 뒹굴어도 서울 똥밭이 나은 거라며 자신이 이사 오길 잘했다고 의기양

*솔더라도 : 좁더라도.

양해했다. 파출부로 나다니기 시작하면서 아내의 수준은 급상승하기 시작했다. 보는 것, 듣는 것 어느 하나도 내게 익숙한 것들이 아니었다. 아이들 학원 하나를 보내더라도 집에서 가까운 학원이 아니라, 어느 학원에 어느 선생이 나은지 저울질하고, 그리 필요할 것 같지도 않은 온갖 것들, 예를 들면 피아노, 스케이트, 서예, 초등학생 영어 등등의 학원으로 아이들을 내몰았다. 그러면서 아내는 1주일 내내 파출부 일에 매달렸다. 한동안은 입술이 부르터서 제 모습을 보인 날이 없을 정도로 매달렸다. 그래도 아내는 자기가 하고 싶은 일을 할 수 있으니 좋다고 했다.

나는 적당하게 흔들거리는 평온한 일상에 몸을 맡긴 채 아이들의 앞날을 점치며 두터웠던 아버지의 환상을 서서히 벗어 가고 있었다. 이제 아버지는 제사상에서 가끔 뵙거나, 어쩌다 푸념처럼 늘어놓는 아내의 옛적 이야기 속에서 만나 볼 수 있을 뿐이었다. 그러면서 그토록 낯설었던 아비 노릇을 아내의 지악스러운 어미 노릇 뒤에서 슬쩍슬쩍 해낼 수 있게 되었다.

"따르릉따르릉."

여느 때처럼 평범한 하루의 어느 새벽을 찢고 요란한 전화벨 소리가 우리 가족을 단잠에서 깨웠다. 이모였다.

"길석아, 큰일 났다. 빨리 내려와라. 니 어머니가 산에서 쓰러졌다."

아버지 제사를 보기 위해 올라오셨다가 자식들 집을 돌며 며칠을 보내고 다시 고향으로 내려가신 지 한 달이 조금 지난 뒤였다.

처남 차를 타고 허겁지겁 도착했을 때, 어머니는 작은 암자에 누워 있었다. 그런데 노인네들이 대부분이고 깊은 산중이라 어찌할 수도 없었는지, 무당과 재비들 몇이 어머니를 가운데 두고 속수무책으로 앉아 있었다. 중풍이었다. 초기의 치료 시기를 놓친 데다 시골에서 서울로 옮겨 오는 바람에 어머니의 상태는 더욱 악화되었다.

"참, 드럽다. 이년의 팔자. 이제 좀 사람처럼 살라나 했디만. 그래 노인네가 무슨 기운이 넘친다고, 산으로 쏘당길 때 그렇게 말렸드니만, 듣지 않고 이게 무슨 난린지. 에구에구, 그저 아버님처럼 무서운 양반이 있어야 꼼짝 않고, 자식들에게 해로운 일 하지 못하게 했을 긴데. 그깟 기도를 하믄 똥짐 짊어질 자식이 서울대 간다드나 대통령이 된다드나. 아이고, 이 일을 우옐꼬, 누가 그 똥오줌을 받아 내노 말이다. 아이고, 드러버라, 이년의 팔자."

어머니를 병원에 눕히고 돌아오던 날, 아내는 땅을 치며 통곡을 했다.

나는 착잡했다. 아파트에 어머니 방만 마련해 드렸어도 그렇게까지 떠돌아다니지 않아도 됐을 것 같은 회한과 맏이로서의 무능력이 나를 답답하게 했다. 그래도 아내는 일을 줄이지 않았다. 내가 하루 걸러 비번인 날이 있었고, 장남만 아들이냐, 솔직히 아버지 혜택을 본 것으로 따지자면 동생들이지 않느냐, 그러니 나머지는 동생들에게 분담하면 된다는 기발한 아이디어를 짜냈던 것이다.

아내의 단호한 결정 앞에 나는 아무 말도 못했다. 아이들 앞으로 들어가는 돈이며 우리의 수입이 빤하게 보이는데 무조건 일을 그만두라고 할 수도 없었다.

한 달이 지나면서는, 병원으로 출퇴근을 해야 하는 동생들이 지치기 시작했다. 더구나 조금씩 말을 할 수 있게 되면서 병원에 대한 어머니의 불만은 끊임없이 터져 나와 더욱 힘들게 했다. 어머니는 병원을 싫어했다. 산으로 들로 펄펄 날며 다니시던 분이라 갑자기 닥친, 갇혀 있어야 하는 현실을 쉽게 받아들이지 못했다. 이런 어머니의 병적인 신경질은 날이 갈수록 도가 심해져서 우리는 두 달 만에 어머니를 퇴원시켰다. 집에 오자 어머니는 좀 편안해진 눈치였다. 하지만 어머니는 집에 돌아온 대가를 톡톡히 치러내야 했다. 아내는 일을 줄일 수 없었다. 그동안의 엄청난 교육비에, 약값, 병원비까지 들어갈 돈이 태산 같았다. 그래서 어머니는 하루 종일 혼자 있어야만 했다. 다행히 우리 아파트로 경비원 자리를 옮긴 내가 비번인 날에 운동도 시켜 드리고 말벗도 되어 주었지만, 거의 언제나 혼자여야 하는 외로움이 가실 수는 없었다. 그래도 집으로 온 뒤로 어머니의 병세는 조금씩 호전되어 갔다. 이제 지팡이를 짚고 천천히 걸을 수 있게 되었다. 혼자 화장실 출입도 하고, 혼자 식사를 할 수 있었다.

그런데 아버지 제사를 며칠 앞둔 어느 날, 어머니는 우리들에게 제사를 지내지 말라고 하셨다. 나와 아내는 눈이 둥그레졌다.

"제사를 안 지내믄 우예니껴? 아주 먼 윗대도 아이고 아버님 제산데요."

"그기 다 소용없는 일이야. 내가 누구를 위해 기도했드나. 그래 기도하고 있는 나를 쳐서 이 모양으로 만드는 조상은 섬길 필요도 없어. 내사 죽어도 박 씨 귀신 곁에는 가지도 않을 기다."

어머니는 완강했다. 그러나 악착같이 제사를 지내겠다고 우기는 아내도 나를 놀라게 하기는 마찬가지였다.

"니 아버지 나 이러고 누워 있는 거 보믄 좋아할 기다. 그토록 무당을 싫어하디만…… 날 이렇게 친 것도 니 아버지일 거라. 그 놈의 영감쟁이."

제삿날 아침부터 어머니는 한사코 방문을 닫아 놓고 계셨다. 부엌 옆에 붙어 있는 셋째의 방에 모셔진 어머니는 제사 음식 냄새조차 역겹다는 투였다. 오늘 밤 찾아오실 아버지에게 자신의 형편없는 모습을 보여 주기 싫은 마지막 자존심이었다.

아버지! 담배 연기 사이로 또다시 아버지 생각이 떠올랐다. 당신의 무지막지하게 큰 우산 안으로 온 가족을 다 들이셔야 만족하셨던 분. 난 가족 중 어느 만큼을 내 우산으로 가릴 수 있을까. 아니, 낡고 비좁은 내 우산 안으로 들어올 사람이 과연 누구인가. 이제 가족들은 제각기 우산을 들고 다니길 원했다.

제일 먼저 아내와 어머니가 자기의 우산을 찾았다. 애초부터 아이들은 제 엄마 곁에 붙어 있었으므로 아버지가 내게 넘겨준 우산 속엔 아무도 없게 된 셈이다. 모두들 자기 우산을 받고 총총히 바쁜 걸음으로 앞으로 달려만 갔다. 아버지가 물려준 낡은 우산은 이젠 텅 비어 버렸다. 그 빈 우산을 난 들고 있다. 아버지니까.

나는 언제나처럼 아침에 퇴근했다. 물먹은 솜처럼 축축 처진 아침 햇살을 거두고 집에 돌아오면, 아침밥 먹을 새도 없이 곧장 이불 속으로 들어가는 것이 버릇이었다. 점심때가 다 되어서 난 선하품을 하며 마루로 나왔다. 이젠 자명종 없이도 어머니 점심상 볼 때쯤에는 저절로 눈이 떠졌다. 그러나 이불 속에서 더 뭉그적거리고 싶은 유혹을 뿌리치고 일어난 것은 꼭 어머니 점심 때문만은 아니었다. 마루 쪽에서 계속 부스럭거리는 소리가 나는 것이 예사롭지 않아서였다. 다들 이른 아침에 흩어져 나가면 저녁이 되어서야 어슬렁거리며 들어오는 식구들이었으니, 이 시간에 집에 있을 사람이라곤 어머니밖에 없을 터였다.

“어머니, 뭐 하시니껴?”

“응?”

반짇고리며 오밀조밀 자잘한 것들이 담겨 있던 상자, 그리고 예전에 아버지가 쓰시던 베개까지 마루엔 잡다한 물건들이 하나 가득 흩어져 있었다.

“뭘 찾는데 없다.”

"내가 깨면 찾아 달라고 하시죠. 뭔데요?"

그러나 어머니는 아무 말도 안 하시고 온전한 오른손만으로 베개를 쓰윽쓱 쓰다듬었다.

"어머니!"

난 문득 치민 짜증에 아무렇게나 던져져 있는 물건들과 어머니를 번갈아 보며 어머니를 불렀다. 그래도 어머닌 아무 말도 안 하시고 자꾸 쓰다듬던 베개를 옆으로 밀쳐 두고, 아직 열지 않은 상자를 끌어당겼다. 나는 어머니가 끌어당긴 상자를 다시 내 앞으로 낚아채다 놓으며 "뭐요?" 하고 짜증 섞인 목소리를 더 키웠다. 어머닌 그런 나를 올려다보았는데, 숨길 수 없이 그 커다란 눈망울엔 겁이 잔뜩 실려 있었다.

"아까 아침나절에 잠깐 잠이 들었는데…… 니 아버지가 나를 찾아와서는…… 자기 말 안 듣고 쏘댕기다가 니들만 고생시킨다고 꿈에서도 소리소리 지르고 성질을 내디만…… 나를 난짝 들어서 패대기치는데…… 내가 시집올 때 타고 왔던 가마에다 나를 가두어 놓지 뭐냐……."

"꿈에 아버지 봤으믄 좋은 거시더. 근데 뭘 찾으시니껴?"

"내가 니 아버지 극락왕생하라고 샀던 부적이 어딘가 있을 긴데……."

"그러니까 아버지한테 혼나니더. 어머니 쓰러지시고 다 소용없으니 없애라고 했자니껴."

어머니의 커다란 눈에 절망이 실리는 것을 모르는 체하며 물건들을 상자에 다시 쓸어 담아 한쪽으로 치워 놓았다. 어머니는 내가 점심상을 다 차리도록 그 자리에 주저앉아 멍하니 있었다.

"쓸데없는 걱정 마시고 점심 잡순 뒤 나랑 운동이나 하러 가시더. 더 추워지면 이제 밖에 못 나가니더."

혼자 화장실 출입을 할 수 있게 되면서 운동도 열심히 하시고 식욕도 좋아져서 얼굴빛이 오히려 건강할 때보다 좋았었는데, 어머니의 수저질하는 손이 자꾸 축축 처져 보였다. 쓰러지신 이후로 어머니는 부쩍 아버지를 많이 의식했다.

종교란 것이 마약과 같은 것인지, 기도 중에 쓰러졌다고 다시는 그따위 짓에 정신 쏟지 않겠다고 한 게 엊그젠데, 이제 뽀시락뽀시락 살아나니까 믿음도 함께 깨어나는지, 어머니는 아버지의 떠도는 영혼에도 자존심을 챙겼다.

어머니는 쓰러지신 이후로 추위를 많이 탔다. 그래서 밖에 나갈 때는 늘 중무장을 하고 나섰으므로 어머니의 옷은 벌써 겨울 채비에 들어갔다. 한낮의 가을 햇살에 아파트 마당에 열린 꽃사과와 수유가 빨갛게 익어 가고 있었다. 개나리보다 먼저 피는 수유의 노란 꽃이 수줍은 꽃망울을 터뜨릴 때만 해도, 어머니가 언제나 저 수유 열매를 보시려나 멀게만 느껴졌는데, 어머니는 빨간 수유 열매 밑으로 삐뚤게 걸어갔다. 아파트 화단가에 앉아 어머니의 걷는 모습을 지켜보다가 보온병에 따뜻한 보리차라도 담아 와야겠

다고 생각했다. 한지에 걸러 낸 듯한 엷은 햇살 속에서 삐뚤삐뚤 걷는 어머니가 아파트 마당 끝까지 갔다가 다시 돌아오는 것을 보면서, 나는 집으로 올라왔다. 집으로 돌아와 가스레인지에 보리차를 얹어 놓고 담배 한 대를 피우다가 어머니가 부적을 찾느라 어질러 놓은 상자들을 보자 슬며시 웃음이 나왔다. 뜨거운 김이 모락모락 나는 보리차를 보온병에 담고 계단을 내려오는데 위층에 사는 아주머니가 헐레벌떡 뛰어 올라왔다.

"아저씨, 큰일 났어요. 얼른 내려가 보세요. 어이구 참, 난 119에 전화해야겠다."

난 아파트에 뭔가 심상치 않은 사고가 났나 보다고 생각하며 서둘러 내려갔다. 내가 아파트 마당에 내려서자 1톤짜리 푸른색 트럭 뒤로 사람들이 우르르 모여 있었다. 순간, 난 온몸으로 뜻 모를 전율을 느끼며 그곳으로 달려갔다.

"억, 어머니."

그곳에 어머니가 쓰러져 있고, 어머니 입에서 흘러나왔을 게 분명한 선명한 피가 마당에 질펀하게 깔려 있었다. 나는 어머니를 끌어안았다. 백지장처럼 하얗게 된 어머니는 이미 의식이 없었다.

트럭 운전사로 보이는 젊은 남자가 어머니보다 더 핼쑥한 얼굴로 내게 뭐라고 했지만 난 상황을 제대로 파악할 정신이 없었다. 나는 어머니가 돌아가셨다는 사실이, 나와 함께 운동을 하러 나갔다가 일이 벌어졌다는 사실이 믿기지 않았다. 나는 정신이 조금씩 들면서 어머니가 불안한 눈빛으로 부적을 찾던 일이 떠올랐다. 그리고 흐릿하게 풀려 있는 내 의식을 날카롭게 헤집으며 떠오른 꿈 하나. 오, 맙소사. 난 단 한 번도 그 꿈을 생각하지 않았으며, 그 당시에도 그냥 꿈이려니 했었다.

아마 아파트로 이사 오던 날이었을 것이다. 아직 치우지 못한 짐들 사이를 헤치고 거실에 어머니 잠자리를 마련해 주면서, 어머니 방이 없다는 서운한 생각에 쉽게 잠을 이루지 못하고 뒤치락거리다가 겨우 잠이 들었을 때였다. 아버지가 찾아오셨다.

"아버지, 어쩐 일이껴?"

반갑고도 두려운 마음에 냉큼 달려가 인사를 드렸는데도 아버진 인사도 받지 않고 칼칼한 목소리로 말씀하셨다.

"저리 뿌리 없이 이리저리 떠돌아다니니 니 어머니를 데려가야겠다."

그러잖아도 어머니 방을 마련해 드리지 못해 껄끄러운 마음이었던지라, 나는 냉큼 아버지 발 아래 엎드리며 엉엉 소리 내어 울었다.

"아버지요, 아버지가 그렇게 갑작스럽게 돌아가신 것도 아직 서운한데, 이제 어머니만이라도 잘 모실라니더. 정 데려가시겠다믄 쌀 두 가마 잡수실 동안이라도 참아 주소, 아버지요."

느닷없이 웬 쌀 두 가만지 꿈을 깨고서도 그 생생함에 머릿속이 며칠 동안 뒤숭숭했었다. 그러고는 애써 그 일을 잊고 살았었다.

그러나 지금 그때의 생생했던 꿈이 또다시 나를 붙잡고 있는 것이다. 쌀 두 가마 잡수실 동안 내내 짜증만 고여 있던 내 가슴에 후회가 밀려왔다.

어머니는 아버지 곁에 모셔졌다. 그리고 몇 달 뒤, 우리 형제의 손엔 보험 회사와 운전자 측이 낸 2천만 원이 넘는 돈이 쥐어졌다. 그동안 어머니의 병원비를 치르고도 남을 그 돈이.

아버지!

•••

이명인 연보

1960년 10월 5일 전라북도 전주시에서 아버지 이시용과 어머니 송남주 사이에서 1남 4녀 중 셋째로 출생.

1968년(9세) 아버지의 직장 문제로 경기도 부천시로 온 가족이 이사. 이때 처음 이사한 곳이 마을에서 '밭 가운데 외딴집' 이라고 불리는 집이었음.

1973년(14세) 소명여자중학교 입학. 이때 학교 도서관이 학교 뒷동산에 있는 아름다운 건물이었는데, 거기 있는 책을 모두 읽기로 결심. 특히 헤르만 헤세에 빠져서 『데미안』은 여러 번 읽음.

1976년(17세) 소명여자고등학교 입학. 이때부터 오로지 소설 책만 읽음. 특히 러시아 작가들 소설을 많이 읽었는데, 『부활』과 『카라마조프 형제들』이 제일 인상에 남음. 또한 실존주의 철학자인 키르케고르와 샤르트르, 니체에 매혹됨.
학교 동산이 아름다워서 새벽에 아무도 오지 않은 숲에서 책 읽기를 좋아함. 이때 쓴 단편 소설을 『여학생』이란 잡지에 응모, 1차 심사만 통과.

1981년(22세) 상명대학교 행정학과 차석으로 입학. 학교 신문에 소설을 연재하고 콩트를 발표하는 등 전공과 무관한 일에 빠져 지냄.

1985년(26세) 상명대학교 행정학과 졸업. 황동섭과 결혼.

1986년(27세) 첫째 아이(재웅) 출산. 이때부터 본격적으로 소설 습작을 하기 시작.

1990년(31세) 둘째 아이(재아) 출산.

1992년(33세) 계간 『현대 소설』 가을호에 장편 『먼 하늘 가까운 사람들』이 당선과 함께 출간(현대소설사). 부천 복사골 문학회 가입.

1995년(36세) 농민신문 장편 연재 소설 공모 당선. 1995년부터 1996년까지 『빼앗긴 들의 사람들』 연재.

1997년(38세) 장편 『사랑에 대한 세 가지 생각』(민예당) 출간. 이 작품으로 제1회 탐라 문학상 수상. 남편의 직장 때문에 제주 서귀포로 이사.

1998년(39세) 제주작가회 가입.

1999년(40세) 장편 『아버지의 우산』(문이당) 출간. 한 학기 동안 탐라대학교 출강.

2000년(41세) 장편 『집으로 가는 길』(문이당) 출간.

2002년(43세) 장편 『치즈』(문이당) 출간.

아버지의 우산

초판 1쇄 발행일 • 2005년 11월 30일
초판 2쇄 발행일 • 2006년 7월 20일
지은이 • 이명인
그린이 • 이정선
펴낸이 • 임성규
펴낸곳 • 문이당

등록 • 1988. 11. 5. 제 1-832호
주소 • 서울시 성북구 동소문동 4가 111번지
전화 • 928-8741~3(영) 927-4990~2(편)
팩스 • 925-5406

홈페이지 http://www.munidang.com
전자우편 webmaster@munidang.com

ISBN 89-7456-308-8 83810

값은 뒤표지에 표시되어 있습니다.